HEYNE <

Das Buch

Die Bayous, das sagenumwobene Sumpfgebiet im Süden der USA, sind ein Ort voller Magie und Geheimnisse. Dort leben die Pantera, ein Clan atemberaubend schöner und mächtiger Gestaltwandler. Doch auf ihnen liegt ein dunkler Fluch: Ihre Frauen sind unfruchtbar geworden, und so ist diese magische Spezies vom Aussterben bedroht. Als Raphael, der charismatische Anführer der Pantera, in der verführerischen Menschenfrau Ashe seine Seelengefährtin erkennt, schöpft er neue Hoffnung. Doch dann gerät Ashe in tödliche Gefahr …

Parish – dunkel, sexy und gefährlich – ist der beste Jäger der Pantera. Kein Wunder, dass er von Raphael ausgeschickt wird, um eine menschliche Ärztin zu finden, die Ashe beistehen soll. Sein Weg führt ihn zu Dr. Julia Cabot, eine Koryphäe auf ihrem Gebiet und die schönste Frau, die Parish je gesehen hat. Doch Julia wurde in der Vergangenheit aufs Hinterhältigste betrogen und ist entschlossen, nie wieder einem Mann zu vertrauen. Erst recht keinem, der so viele Geheimnisse hat wie Parish …

Die Autorinnen

Unter dem Pseudonym **Alexandra Ivy** veröffentlicht die bekannte Regency-Liebesroman-Autorin Deborah Raleigh ihre Vampirromane. Ihre international erfolgreiche *Guardians-of-Eternity*-Reihe umfasst bereits elf Bände und steht regelmäßig auf der *SPIEGEL*-Bestsellerliste. Alexandra Ivy lebt mit ihrer Familie in Missouri.

Laura Wright ist in Minnesota aufgewachsen, wo sie ihre Liebe zu romantischen Geschichten entdeckte. Mit ihren Romanen erobert sie regelmäßig die *New York Times*- und *USA Today*-Bestsellerliste. Die Autorin lebt mit ihrem Mann und ihren Kindern in Los Angeles.

ALEXANDRA IVY
LAURA WRIGHT

BAYOU HEAT

RAPHAEL & PARISH

Deutsche Erstausgabe

WILHELM HEYNE VERLAG
MÜNCHEN

Titel der amerikanischen Originalausgabe
BAYOU HEAT – RAPHAEL/PARISH
Deutsche Übersetzung von Cornelia Röser

MIX
Papier aus verantwortungsvollen Quellen
FSC® C014496
FSC
www.fsc.org

Verlagsgruppe Random House FSC® N001967
Das für dieses Buch verwendete FSC®-zertifizierte Papier Holmen Book Cream liefert Holmen Paper, Hallstavik, Schweden.

Deutsche Erstausgabe 01/2015
Redaktion: Anna Katharina Gruber

Printed in Germany 2014
Umschlaggestaltung: Nele Schütz Design, München, unter der Verwendung von Shutterstock / Martin Valigursky
Satz: Greiner & Reichel, Köln
Druck und Bindung: GGP Media GmbH, Pößneck

ISBN 978-3-453-31623-2

ERSTES BUCH

Raphael

von
Alexandra Ivy

1

Schlampe. Hure.

Wertloser Abschaum.

Die Worte hallten in Ashe Pascals Ohren wider, als sie die Wohnwagentür hinter sich zuknallte.

Sie verzog schmerzlich das Gesicht, sammelte ihre verstreute Kleidung unter dem Vordach auf und lief zu ihrem Schrotthaufen von Auto, der am Bordstein parkte.

Diesmal hatten sie die im Suff ausgestoßenen Beleidigungen ihrer Mutter getroffen.

Nicht, dass sie wirklich eine Hure gewesen wäre. Schließlich hatte sie sich nicht dafür bezahlen lassen, die Beine breit zu machen.

Nein, verflucht, sie hatte sie kostenlos breit gemacht.

Jedenfalls ging sie davon aus, dass sie das getan hatte.

Wie hätte sie sonst schwanger werden sollen? Unbefleckte Empfängnis mochte es in der Heiligen Schrift geben, aber in den Bayous im Süden Louisianas wurden Frauen noch auf die gute alte Art geschwängert.

Was für eine verfluchte Schande, dass sie sich nicht mehr daran erinnern konnte, was passiert war.

Wenn sie nun schon dafür bezahlen musste, hätte sie doch zuvor wenigstens ein bisschen Spaß haben können.

Kopfschüttelnd riss sie die Wagentür auf und warf ihre Klamotten auf den aufgerissenen Ledersitz, bevor sie sich hinters Steuer setzte.

Sie steckte den Schlüssel in die Zündung und atmete erleichtert auf, als der Motor skeptisch klappernd zum Leben erwachte. So mies, wie es im Moment für sie lief, hatte sie damit gerechnet, dass die Batterie leer war. Mal wieder.

Sie sah eine gewisse Ironie in der Tatsache, dass sie sich fest vorgenommen hatte, sich nach einem neuen Wagen umzusehen, sobald sie die letzten Schulden ihrer Mutter abgezahlt hatte. Sie war sogar in die Bar gefahren, um dem Besitzer mitzuteilen, dass sie ab sofort nicht mehr der Privatbankier ihrer Mutter war.

Und damit hatten die Probleme angefangen.

Ohne es richtig zu merken, hatte Ashe den Gang eingelegt und fuhr jetzt gedankenverloren durch die kleine Stadt, die sich an den Rand der Bayous kauerte. Vor der einzigen Bar des Ortes hielt sie an.

Das zweigeschossige Holzhaus mit Blechdach war einst in fröhlichem Gelb gestrichen gewesen, das im Laufe der Jahre jedoch zu einem traurigen Senfton verblasst war. Die schweren grünen Fensterläden boten in der Hurrikan-Saison Schutz vor den Stürmen. Das ganze Gebäude war auf dicken Pfählen erbaut, sodass das Erdgeschoss keinen direkten Kontakt zum Boden hatte, was in dieser Gegend eine notwendige

Vorsichtsmaßnahme war. Die Gefahr einer Überflutung lag hier bei hundert Prozent, was zweifelsfrei erklärte, warum in diesem winzigen Städtchen nur wenige Hundert Menschen lebten.

Das Neonschild, das in der hereinbrechenden Dunkelheit leuchtete, entlockte ihr ein freudloses Lachen.

The Cougar's Den.

Das klang nach dem Treffpunkt der örtlichen Football-Mannschaft oder vielleicht nach dem Geschäft eines Tierpräparators.

Stattdessen tummelte sich hier eine bunte Meute, die nach Ashes Einschätzung von den Ölfeldern und Krabbenkuttern sowie aus den dunklen Schatten der Sümpfe stammte. Und natürlich Einheimische wie ihre Mutter, die so verzweifelt den nächsten Schluck brauchten, dass sie sogar die spürbar aggressive Stimmung, die in der Bar in der Luft lag, ignorierten.

Die meisten Leute mieden diesen Ort wie die Pest.

Selbst das Rudel streunender Hunde, das den Rest der Stadt terrorisierte.

Das Cougar's Den war eine gefährliche Jauchegrube.

Ashes düstere Gedanken wurden abrupt unterbrochen, als der feuchte Frühlingswind durch das offene Wagenfenster hereinwehte, an ihren langen, schwarzen Locken zerrte und sanft über ihre Haut strich, die immer den gleichen hellen Elfenbeinton behielt, ganz egal, wie viel Sonne sie abbekam. Ihre Augen, so dunkel wie der Mitternachtshimmel, verengten sich.

Es lag etwas in diesem Wind.

Noch etwas anderes als der leise Duft der Azaleen und frisch erblühten Rosen im Garten der alten Lady Laveau und der aus den Sümpfen herüberwehende Gestank von verrottenden Pflanzen.

Was zum Henker war das für ein Geruch?

Kein Rasierwasser, sondern … Moschus.

Ja. Das war es. Ein satter, berauschender männlicher Moschusduft.

Unvermittelt durchzuckte sie eine Erinnerung.

Sie befand sich in dem engen Schankraum und versuchte, die ausdruckslosen, unfreundlichen Blicke einer größeren Gruppe von Männern zu ignorieren, die sich um die Billardtische im hinteren Bereich des dunkel getäfelten Raumes versammelt hatte.

Einer hatte sich von der Runde abgesetzt und starrte sie an, als wäre sie ein Wesen von einem fremden Planeten.

Er war groß. Fast eins neunzig. Und kräftig gebaut, mit schlanken, gemeißelten Muskeln unter einem engen weißen T-Shirt und schwarzen Jeans.

Im gedämpften Licht sah er aus wie ein exotischer Gott.

Sein dichtes, schulterlanges Haar schimmerte wie geschmolzenes Gold. Seine Züge waren hager und atemberaubend schön. Und seine Augen …

Ihre Schönheit war mit Worten nicht zu beschreiben.

Sie hatten den gleichen Goldton wie seine Haare, waren aber mit jadegrünen Sprenkeln durchsetzt und leuchteten in der Dunkelheit von innen heraus.

An dieser Stelle setzte ihre Erinnerung für einige Zeit aus.

Als Nächstes befand sie sich nicht mehr im öffentlichen Bereich der Bar, sondern lag auf einem Bett im Obergeschoss.

Es war dunkel, die Luft vom aromatischen Moschusgeruch des Mannes getränkt.

Eine tiefe, männliche Stimme flüsterte in ihr Ohr.

»Du bist so feucht, ma chère. *Soll ich dich lecken?«*

Sie stöhnte auf, und ihre Beine öffneten sich, als zarte Küsse einen sengenden Pfad auf ihrem Bauch hinterließen.

»Raphael, bitte.«

»Sag mir, was du willst.« Ein Befehl. »Sag es.«

»Dich.« Brennend vor Verlangen krallte sie die Finger in die weiche Decke, auf der sie lag. Noch nie hatte sie so etwas erlebt, eine solch rohe, wilde Begierde, die ihre Klauen mit unwiderstehlicher Gewalt in ihren Körper schlug. »Ich will dich.«

Sie hörte ein leises Lachen und rang nach Luft, als sie seinen heißen Atem auf der empfindlichen Haut an der Innenseite ihres Oberschenkels spürte.

»Wo willst du mich?«, fragte er aufreizend. »Hier?« Eine raue Zunge fuhr durch ihre feuchte Spalte.

Ashe sog scharf die Luft ein, und die seltsame Vision zersplitterte.

War das eine echte Erinnerung? Oder nur der Versuch ihrer Psyche, die hässliche Wahrheit zu beschönigen?

Mit einem unterdrückten Aufschrei legte sie unsanft den Gang ein und trat kräftig aufs Gas.

Die Antwort würde sie wahrscheinlich nie erfahren.

Was sie brauchte, waren eine warme Mahlzeit und ein Schlafplatz für die Nacht.

Morgen würde sie sich darüber Gedanken machen, wie sie ein Baby versorgen sollte, wo sie doch kaum für sich selbst sorgen konnte.

Im Dunkel vor der Bar wehrte sich Raphael gegen den großen Mann, der ihn daran hinderte, dem jämmerlichen Exemplar von Auto hinterherzujagen, das gerade davonbrauste.

»Lass mich los«, knurrte er. Seine Augen glühten golden in der Dunkelheit.

»Verdammt, Raphael.« Bayon war genauso attraktiv wie Raphael, doch sein goldenes Haar war eine Spur heller und in seinen Augen lag mehr Grün. Außerdem war er gedrungener gebaut. »Leg dein verfluchtes Tier an die Leine und hör mir zu.«

Raphael kämpfte gegen seine niederen Instinkte an, in denen nichts Menschliches mehr lag, sondern nur noch rohes, animalisches Verlangen.

Was zur Hölle sollte das?

Von allen Pantera hatte er seine primitive Seite am besten unter Kontrolle.

Das war der Grund, weshalb die Ältesten ihn zum Diplomaten seines Volkes auserwählt hatten, der die Wildlands verließ, um sich im Geheimen mit Machthabern aus aller Welt zu treffen. Das jedenfalls war seine offizielle Rolle. In Wahrheit bestand seine vorrangige Aufgabe darin, das riesige Spionagenetz seines Volkes zu leiten, das die einzelnen Regierungen und Wissenschaftskreise unterwandert hatte.

Er konnte sich mehrere Wochen vom Reservat entfernen, ohne durch den Drang geschwächt zu werden, sich verwandeln zu müssen. Und was noch wichtiger war: Er hatte die Fähigkeit entwickelt, sich an die Menschen anzupassen, sodass er sich unerkannt in ihrer Welt bewegen konnte.

Im Herzen war er immer noch ein wildes Tier, aber ein Tier mit Manieren.

Jetzt allerdings hatte eine rasende Begierde von ihm Besitz ergriffen, die mit der Wucht eines Tsunami durch seinen Körper raste.

»Zum letzten Mal«, knurrte er. »Lass mich los.«

Bayon beugte sich vor, bis sich ihre Nasen beinahe berührten. Er hatte als einer der wenigen den Mut, sich Raphael entgegenzustellen.

»Es muss ein Trick sein«, fauchte der jüngere Krieger. »Seit fünfzig Jahren versuchen wir, eine Menschenfrau zu finden, die unseren Samen austragen kann …«

»Du brauchst mich nicht an unsere Geschichte zu erinnern.«

Das brauchte er wahrlich nicht, kannte Raphael den Überlebenskampf der Pantera doch besser als jeder andere.

Es hatte langsam angefangen.

Immer weniger Pantera-Frauen gerieten in Hitze.

Und die, die es taten, konnten die Babys nicht austragen.

Anfangs glaubten die Ältesten, es habe am Kontakt zwischen Menschen und Pantera gelegen. Sie schotteten daraufhin die Grenzen ab und isolierten sich mehr und mehr von der Welt.

Als das nicht funktionierte, wuchs die Furcht, es könnte eine genetische Anomalie sein. Die Pantera pflanzten sich schließlich schon seit Jahrhunderten untereinander fort.

Also suchten sie sorgfältig die geeignetsten Exemplare unter den Menschenfrauen aus, die sich gegen ein enormes Schweigegeld als Leihmütter zur Verfügung stellten, und brachten sie in ihre medizinischen Hightech-Einrichtungen. Nur diese wenigen Menschen wussten, dass die Pantera mehr als ein bloßer Mythos waren.

Allerdings hatten sich die Menschenfrauen nicht mit den Pantera vermehren können. Nicht einmal mithilfe der wirksamsten Fruchtbarkeitsmittel.

Also war seinem Volk keine andere Wahl geblieben, als außerhalb der Wildlands nach Antworten zu suchen.

Eine Handvoll Pantera-Wissenschaftler hatte sich inkognito bei diversen Forschungseinrichtungen anstellen lassen, um Informationen aus der DNS-Forschung der Menschen zu gewinnen.

Gleichzeitig hatte die politische Fraktion der Pantera, die »Anzugträger«, Spione in diverse Regierungen eingeschleust.

Sie mussten herausfinden, ob die Magie ihres Landes von Umweltveränderungen beeinflusst wurde.

Giftmüll. Klimaerwärmung. Biologische oder chemische Waffen.

Ob es nun Zufall oder absichtliche Sabotage war – wenn die Menschen etwas damit zu tun hatten, würde Raphael die Wahrheit aufdecken.

Er war gerade von seiner letzten Auslandsreise zurückgekehrt und hatte einen Stopp im Cougar's Den eingelegt, um etwas Dampf abzulassen, bevor er sich auf den Weg in die Wildlands machen und seinen jüngsten Bericht vorlegen wollte.

Die Ältesten würden über die ausbleibenden Fortschritte nicht erfreut sein.

Verdammt, er selbst war auch nicht gerade erfreut.

Das Letzte, was er erwartet hatte, war, dass ihn eine Menschenfrau so dermaßen überrumpeln würde. Oder dass er danach Woche für Woche in diese heruntergekommene Bar zurückkehren würde, in der Hoffnung, sie wiederzusehen.

Und jetzt ... Scheiße.

Bayon schüttelte Raphael und funkelte ihn wütend an. Sein Zorn ließ die Umgebungstemperatur in die Höhe schnellen.

»Dann ist dir auch klar, dass diese Frau unmöglich mit deinem Kind schwanger sein kann.«

Raphael erwiderte den wütenden Blick seines Freundes. »Unmöglich oder nicht, ich weiß, was ich gerochen habe.«

»Denk doch mal nach.« In Bayons Augen lag ein magisches goldenes Glühen. »Rein zufällig spaziert eine fremde Frau in eine Bar, in der sich die Pantera treffen. Sie ist ein Mensch, aber trotzdem weckt sie auf magische Weise deinen Paarungstrieb, und jetzt parkt sie ihren Wagen ausgerechnet hier, wo du sie wittern musst, bevor sie wie eine Irre davonbraust.« Wieder schüttelte er Raphael. »Muss sie sich erst das Wort FALLE auf den Hintern tätowieren, damit du es schnallst?«

Raphael stieß einen gereizten Laut aus. Nichts von dem, was sein Freund gerade sagte, hatte er sich nicht selbst schon gesagt.

Teufel auch, er wäre schockiert, wenn es *nicht* irgendeine Art von Trick war.

Aber solange er nicht herausgefunden hatte, was genau hier vor sich ging, würde er die Frau nicht mehr aus den Augen lassen.

Oder aus meinem Bett, flüsterte eine heimtückische Stimme in seinem Hinterkopf.

»Es gibt nur eine Möglichkeit, das herauszufinden.«

Mit einer Kraft, auf die Bayon nicht vorbereitet war, schob Raphael ihn von sich und lief zur Straße.

»Warte«, rief Bayon. »Was hast du vor?«

»Diese Frau finden und mir ansehen, was genau auf ihren Hintern tätowiert ist«, fauchte er.

»Herrgott, Raphael!«

Auf den schnell verblassenden Duft konzentriert, entfernte sich Raphael im Laufschritt von der Bar.

Mit seinen dunklen Jeans und dem schwarzen T-Shirt verlor er sich in der Dunkelheit.

Er hatte erwartet, dass die Frau zu ihrem Haus fahren würde. Die respektableren Bürger dieses kleinen Städtchens neigten dazu, sich, sobald die Sonne unterging, hinter verschlossenen Türen zu verschanzen. Auch wenn sie nicht an Voodoo oder Geister oder gar an die Pantera glaubten, waren sie doch klug genug, um zu wissen, dass nachts absonderliche Kreaturen aus den Sümpfen gekrochen kamen.

Warum leichte Beute werden?

Doch die Frau steuerte nicht auf die aus Holz gebauten Häuser zu, die in ordentlichen Reihen gegenüber dem Schulgebäude und dem daran angeschlossenen, auch als Kirche genutzten Gemeindezentrum standen. Stattdessen bog sie in die entgegengesetzte Richtung ab und fuhr zum Marktplatz, der von einer Handvoll kleiner Geschäfte gesäumt war.

Schließlich parkte sie vor dem dreistöckigen Hotel, das sich zwischen den Kosmetiksalon und die Post quetschte. Raphael stand mitten auf dem Platz unter den tiefhängenden Zweigen einer Trauerweide und beobachtete, wie die schlanke Frau das Gebäude durch die Glastür betrat.

Arbeitete sie in dem Hotel?

Oder wollte sie dort jemanden treffen?

Einen Mann?

Ein tiefes Knurren grollte in seiner Brust, als sich das Raubtier unter seiner Haut in archaischer Wut wand.

Diese Frau gehörte ihm.

Von seiner Leidenschaft gezeichnet, an ihn gebunden durch das Baby, das sie in ihrem Bauch trug.

Meins. Meins. Meins.

Die Worte strichen flüsternd durch seine Seele, als Raphael über die Straße schlenderte und die beengte Lobby des Hotels betrat.

Er rümpfte die Nase über den Gestank des hässlichen, mit grünen und gelben Rauten gemusterten Teppichs und des Schimmels, der hinter der verzogenen Holzvertäfelung zu blühendem Leben erwacht war. In einer Ecke stand eine Plastikpflanze und am Ende des Raums ein Rezeptionstisch. Über den Tisch gebeugt saß eine wasserstoffblonde Frau, die in einem Hochglanzmagazin blätterte.

Als Raphael eintrat, hob sie den Kopf und stieß einen leisen Pfiff aus. Ihr molliges Gesicht rötete sich vor Freude, während sie ihn mit ihren blauen Augen ausgiebig musterte.

»Kann ich Ihnen helfen?«, hauchte sie und zupfte an ihrem weiten Top, um ihre riesige Oberweite besser zur Geltung zu bringen.

Offensichtlich glaubte diese Frau in den mittleren Jahren, ihre Brüste seien es wert, öffentlich zur Schau gestellt zu werden.

Ein Irrglaube. Aber Raphael galt nicht nur deshalb als ausgebildeter Diplomat, weil er sich außerhalb der Wildlands aufhalten konnte.

Mit seinem charmantesten Lächeln schlenderte er auf die Rezeption zu, wobei er auf der linken Seite ein

Büro registrierte, aus dem ihn zwei kleine Hunde kläffend begrüßten, und auf der rechten eine Hintertür, die zu einer schmalen Gasse führte.

»Ich kam gerade hier vorbei und dachte, ich hätte eine Freundin hereinkommen sehen.«

Wieder zupfte die Frau an ihrer Bluse. »Glückliche Freundin.«

»Vielleicht haben Sie sie gesehen. Sie ist groß, dunkelhaarig, sehr hübsch …«

»Oh, Sie meinen Ashe Pascal.«

Ashe. Stumm probierte er den Klang ihres Namens aus. Ein indianischer Name.

Floss dieses Blut in ihren Adern?

»Ja.«

Die Frau betrachtete ihn mit wachsender Neugier. »Sie ist gerade auf ihr Zimmer gegangen. Soll ich sie für Sie anrufen?«

»Das ist nicht nötig.« Er schenkte ihr noch ein strahlendes Lächeln. »Sie ist Gast im Hotel?«

»Nur heute Nacht.« Die wasserstoffblonden Locken hüpften, als die Frau empört den Kopf schüttelte. »Ihre Mutter hat sie rausgeschmissen. Diese verfluchte Schlampe gehört dafür ausgepeitscht, wie sie ihre Tochter behandelt.«

Raphael senkte die Brauen. »Ashe spricht nie von ihrer Familie.«

Die Frau zuckte die Achseln. »Was soll man da auch sagen? Ihr nichtsnutziger Vater ist abgehauen, als sie noch ein Kleinkind war, und ihre Mutter säuft. Ashe opfert jeden Penny, um ein Dach über dem Kopf zu behalten und die Rechnungen zu bezahlen. Nicht, dass Dixie Pascal zu schätzen wüsste, was Ashe für sie tut. Die meisten Abende verbringt sie in diesem furchtbaren Cougar's Den und kippt billigen Wodka.« Sie zog eine Grimasse. »Nur als Warnung: Wenn Sie neu in der Stadt sind, sollten Sie die Kneipe lieber meiden. Das ist kein Ort für anständige Leute.«

Blanker Zorn durchbohrte sein Herz.

Die Pantera waren eine eng verwobene Gemeinschaft und beschützten ihre Jungen mit kämpferischer Leidenschaft.

Aber Ashe war wie Abschaum behandelt worden. Auf die Straße gesetzt von der eigenen Mutter.

Sie war hilflos und angreifbar, und ihr Kind – *sein* Kind – war in Gefahr in diesem schäbigen Hotel, das kaum besser war als eine Nacht in der Gosse.

Das war völlig inakzeptabel.

Weil er die wachsende Neugier der Hotel-Managerin spürte, hielt er seine Wut im Zaum.

Um Ashes unwürdige Eltern würde er sich kümmern, sobald er sie in seinem Versteck in Sicherheit gebracht hatte.

Für den Moment musste er sichergehen, dass ihn seine wilde Besessenheit von dieser wunderschönen Frau nicht blind für eine offensichtliche Falle machte.

»Ich werde es mir merken«, murmelte er.

Die ältere Frau neigte den Kopf zur Seite. »Wollen Sie Ashe sehen?«

Mit jeder Faser seines Wesens.

Er zwang sich, den Kopf zu schütteln.

»Später vielleicht. Jetzt habe ich leider eine Verabredung, aber ich weiß die genaue Adresse nicht mehr.« Er sah der Managerin fest in die Augen und ließ ein wenig von seinem Moschusduft in die Luft strömen. Nicht genug, um die Frau richtig zu verzaubern, doch es würde reichen, um ihre Zunge zu lösen. »Ich nehme nicht an, dass Sie irgendwelche Fremden in der Gegend gesehen haben?«

»Hier?« Stirnrunzelnd dachte sie über die Frage nach. »Ich hatte die übliche Truppe von den Bohrinseln hier, und Familie Jenkins aus Baton Rouge ist zu einem Verwandtschaftstreffen angereist.«

»Es hat sich niemand in der Stadt herumgetrieben, der Fragen gestellt hat?«

»Die einzigen Fremden in der Stadt sind unten im Cougar's Den.« Genervt legte die Frau die Stirn in Falten, als die Hunde, die seine Moschusnote gewittert hatten, wie wild zu heulen anfingen. »Was zum Geier ist mit diesen Hunden los? *Excusez-moi.*«

Raphael wartete, bis die Frau ins Büro gestapft war, um die verängstigten Tiere zu beruhigen, dann schlüpfte er lautlos aus der Hintertür.

Er trat in die Dunkelheit, wo er für neugierige Blicke unsichtbar war, und nahm mit allen Sinnen die Umgebung in sich auf.

Da war das Geräusch von Mäusen, die sich durch die Abfalleimer wühlten. Das Surren der Straßenlaternen am Ende der Gasse. Der Wind, der eine Vorahnung von Regen herantrug.

Und, alles überlagernd, jener süße Duft, der ihn seit sechs Wochen in seinen Träumen heimsuchte.

Tief sog Raphael die Luft ein und konzentrierte sich auf das Fenster, hinter dem er Ashe spüren konnte.

Er würde abwarten, bis sie eingeschlafen war, um dann in ihr Zimmer zu schlüpfen.

Und dann …

Dann würde er die Wahrheit erfahren.

2

Ashe hatte nicht damit gerechnet, schlafen zu können.

Noch während sie sich ausgezogen hatte und splitternackt unter die Decke gekrochen war, hatte sie geglaubt, sie wäre zu aufgewühlt, um sich zu entspannen und zur Ruhe zu kommen.

Aber die emotionalen Unruhen dieses Tages in Kombination mit der Hormonumstellung, die sich bereits auf ihren Körper auswirkte, ließen sie bald darauf in willkommene Dunkelheit stürzen.

Allerdings schlummerte sie nicht gerade friedlich.

Kaum war sie eingeschlafen, füllten sich ihre Träume mit Erinnerungen an einen harten, heißen Körper, der sie in die Matratze drückte.

Stöhnend warf sie den Kopf auf dem Kissen hin und her, während suchende Lippen eine Spur von Küssen über ihren Hals zogen. Rastlos fuhren ihre Hände über den breiten Rücken, genossen das Muskelspiel unter seidiger Haut.

Raphael.

Sie nahm die Beine auseinander, als er sich dazwischen niederließ. Seine stahlharte Erektion presste sich an die Innenseite ihres Oberschenkels. Ihr ganzer Körper stand in Flammen, und sie erzitterte unter dem brennenden Verlangen, ihn tief in sich zu spüren.

Noch nie zuvor hatte sie so etwas erlebt.

Noch nie hatte sie eine so wilde … Begierde verspürt.

Sie spürte, wie die Spitze seines Glieds in sie eindrang, doch als sie mit beiden Händen seinen festen Hintern umfasste, wollte er nicht weiter vorstoßen. Stattdessen brannten seine Lippen sich sengend auf ihr Schlüsselbein, küssten sie und saugten an der empfindlichen Haut.

In einem stummen Flehen hob sie die Hüften an, und aller Atem wich aus ihrer Lunge, als sein Mund über die weiche Rundung ihres Busens strich und sich an ihrer Brustwarze festsaugte.

Sie wimmerte.

Oh … Gott.

Das war gut. So gut.

Er schloss die Zähne um ihre schmerzende Brustwarze und biss so fest zu, dass ein Blitz siedend heißer Erregung durch ihren Körper schoss.

Bitte.

Was willst du?

Dich.

Nur mich. Verstehst du? Du gehörst mir.

Ja.

Sag es.

Ich will nur dich.

Aus den Tiefen seiner Brust hörte sie ein zufriedenes Knurren, und berauschender Moschusduft erfüllte ihre Sinne. Wie hatte sie Sex je für einen überbewerteten Zeitvertreib halten können?

Das hier war überwältigend.

Der Gedanke zersplitterte, als Raphael die Hüfte vorschob, mit einem langsamen, unbarmherzigen Stoß in sie drang und ihr Inneres mit herrlicher Reibung dehnte.

Er war riesig.

Ein lustvolles Keuchen entfuhr ihren Lippen, als er ihre Hüften packte und so neigte, dass er sich noch tiefer in ihr versenken konnte. Die Verheißung des Paradieses.

Raphael.

Ich bin hier.

Aus ihrem Traum gerissen, hob Ashe die Hand an ihr Ohr, wo sie eine Wärme spürte, als wären gerade erst Lippen über die zarte Haut gestrichen.

Scheiße.

Langsam setzte sie sich auf, zog das Laken höher, um ihre Brüste zu bedecken, und strich sich ungeduldig die wirren Haare aus dem Gesicht.

»Hallo?« Suchend glitt ihr Blick durch die Dunkelheit. Sie spürte die Gegenwart eines Menschen, konnte den Eindringling aber nicht sehen. Langsam kroch Kälte ihren Rücken hinunter. »Ich weiß, dass jemand hier ist.«

»Du duftest so süß.« Die Männerstimme war dunkel und weich wie Whiskey. Und beängstigend vertraut. »Wie blühender Nachtjasmin.«

Sie schrie nicht. Ihr Instinkt sagte ihr, dass er zuschlagen würde, bevor jemand sie hörte.

Mit einer Hand tastete sie nach ihrem Handy.

Wo zum Teufel war es? Sie hatte es doch auf den Nachttisch gelegt, oder etwa nicht?

»Ich habe eine Waffe«, versuchte sie zu bluffen.

Sie hörte leise Schritte, doch der Eindringling blieb im Schatten, während sie ins Mondlicht getaucht war, das durch das Fenster hereinfiel.

Durch das *offene* Fenster.

Wie er hereingekommen war, brauchte sie ihn wohl nicht zu fragen.

»Das ist mir als Erstes an dir aufgefallen«, fuhr er fort, ohne ihrer Drohung Beachtung zu schenken. »Dieser Duft …« Sie hörte, wie er tief einatmete. »Er ist berauschend.«

»Ich werde schießen«, versuchte sie es erneut, obwohl sie wusste, dass es sinnlos war. »Ich schwöre es.«

»Und dann habe ich dich gesehen.« Seine Worte strichen über ihre Haut und entfachten winzige Funken der Erregung. »Dein vornehmes Profil. Die sexy fließenden, ebenholzschwarzen Locken. Deine Haut wie elfenbeinfarbener Satin. Die eleganten Konturen deines Körpers.« Sie hörte ein tiefes Grollen. Kam das von dem Mann? »Du bist heißblütig, voller Stolz und nervöser Energie.«

Ihr Mund wurde trocken, und sie vergaß, nach ihrem verschwundenen Handy zu suchen. Stattdessen tastete sie sich an die Lampe heran.

»Wer bist du?«

»Nein, mach kein Licht.«

Der Befehlston in seiner Stimme ließ sie erzittern. »Dann beantworte meine Frage.«

»Raphael.«

Also hatte sie sich nicht nur eingebildet, seinen Namen zu kennen.

Herrgott. Bedeutete das, der Rest war ebenfalls wahr?

Der Gedanke hätte ihr Angst einjagen müssen. Oder sie zumindest wütend machen.

Aber ganz bestimmt hätte er keine verräterische Hitze zwischen ihren Beinen aufblühen lassen sollen.

»Nur Raphael?«, fragte sie heiser.

»Nur Raphael.«

»Warum bist du in meinem Zimmer?«

Einen Herzschlag lang herrschte Stille, als hätte sie ihn mit dieser Frage überrascht.

»Du weißt, warum.«

Eine plötzliche Vorahnung raubte ihr den Atem. »Nein.«

»Du trägst mein Kind in dir.«

»Scheiße.«

Mit einiger Verspätung raste die Panik durch Ashes Körper, die sie schon in dem Moment hätte befallen müssen, als sie aufgewacht war und einen fremden Mann in ihrem Hotelzimmer vorgefunden hatte. Ohne nachzudenken, schob sie die Decke zur Seite und wollte aus dem Bett springen.

Sie hatte keine Ahnung, wohin sie wollte.

Sie war nackt, pleite und vorübergehend obdachlos.

Aber alles war besser, als mit einem Irren in diesem Zimmer festzusitzen.

Es passierte ohne jede Vorwarnung.

In einem Augenblick versuchte sie noch, ihre Füße aus den Laken zu befreien, und im nächsten lag sie flach auf dem Rücken und wurde von einem schweren Körper in die Matratze gedrückt.

Oh … verflucht.

Genau so war es gewesen.

In ihrem Traum.

Bis auf die Tatsache, dass er nackt gewesen war. Jetzt kratzte der Stoff seiner Jeans auf ihren Oberschenkeln und ein weiches T-Shirt streifte ihre sehnsuchtsvoll schmerzenden Brustwarzen.

Unglaublich, dass es sich fast genauso erotisch anfühlte wie seine nackte Haut.

Aber vielleicht war es gar nicht so unglaublich.

Sogar mit einer Schicht Kleidung zwischen ihnen konnte sie die sengende Hitze spüren, die von seinem Körper ausging, in sie eindrang und ihr Blut in Wallung brachte. Und dieser Moschusduft …

Wie sollte eine Frau da noch klar denken?

Sie öffnete die Lippen – ob zu einem Schrei oder einem Stöhnen, sollte sie nie erfahren – als sein Kopf herabfuhr und ihren Mund in einem wilden Kuss in Besitz nahm.

Sie rang nach Luft, erschrocken über die Wogen purer Lust, die ihren Körper überrollten.

Ihr war, als wäre sie vom Blitz getroffen worden.

Blendend. Elektrisierend. Überwältigt von einer plötzlichen Begierde, unter der sich ihr Unterleib erwartungsvoll zusammenzog.

Sie wand sich unter ihm, presste die schmerzenden

Brustwarzen an seinen heißen Oberkörper. O Gott. Es fühlte sich so gut an.

Stöhnend riss Raphael seinen Mund von ihren Lippen, um das Gesicht an ihrem Hals zu bergen.

»Dieser Duft«, murmelte er, die Nase fest auf ihren hämmernden Puls gedrückt, während er ihre Arme mit beiden Händen über ihrem Kopf festhielt.

Obwohl sie sich unter seinen schweren Beinen kaum rühren konnte, nahm ihr vor Lust vernebeltes Hirn noch wahr, dass er sorgsam darauf achtete, keinen Druck auf ihren Bauch auszuüben.

Bei dieser Erkenntnis wallte plötzlich eine eigenartige Zärtlichkeit in ihr auf, und dieses Gefühl war weitaus verstörender als die Lust, die in ihrem Blut pulsierte.

Instinktiv versuchte sie, Abstand zwischen sich und ihn zu bringen.

»Nein.« Ein warnendes Knurren grollte tief in seiner Brust, als er den Kopf hob. »Beweg dich nicht.«

In der prickelnden Hitze, die in der Luft lag, richteten sich die kleinen Härchen an ihrem Körper auf. »Wirst du mir wehtun?«

»Nein. Aber wenn du dich wehrst …« Seine goldenen Augen schienen plötzlich in der Dunkelheit zu leuchten. »Erregt das das Tier in mir.«

Diese Augen.

Diese unglaublichen goldenen Augen, die vor Begierde geglüht hatten, als er sie mit rohem Verlangen genommen hatte.

»Oh Gott, das warst du«, keuchte sie.

»Ja.«

Ein Schwall Wut vermischte sich mit ihrer Lust zu einem brandgefährlichen Cocktail.

»Du hast recht, du bist ein Tier«, fuhr sie ihn an. »Was für ein Mann setzt eine hilflose Frau unter Drogen und vergewaltigt sie?«

Er stieß ein Zischen aus. Seine Wut war echt. »Es waren keine Drogen im Spiel, und es war ganz sicher keine Vergewaltigung, verdammt.« Er senkte den Kopf, bis sich ihre Nasenspitzen berührten, warm streichelte sein Atem ihr Gesicht. »Du hast mich angefleht, *ma chère*.«

»Du lügst«, sagte sie.

Er ließ die Lippen über ihre Wange gleiten, bis er ihr direkt ins Ohr flüstern konnte. Mit verstellter, hoher Stimme ahmte er ihre Worte nach.

»Bitte, hör nicht auf«, keuchte er. »Bitte, bitte. Ich muss deinen Schwanz tief in mir spüren.«

Ihre Lippen öffneten sich, doch ihr Protest erstarb, als sie die Worte hörte, die in ihrer eigenen Stimme durch das dunkle Zimmer hallten.

Sie *hatte* ihn angefleht.

Sie hatte sogar nach seinem stahlharten Schwanz gegriffen, um ihn an ihre verwundbarste Stelle zu führen.

»Das waren die Drogen«, murmelte sie.

Er knabberte an ihrem Ohrläppchen. »Keine Drogen.«

Ein heftiges Zittern ließ ihren Körper erbeben, und ihre Beine öffneten sich, als er sich dazwischen legte.

Seine harte Erektion drückte auf die Innenseite ihres Oberschenkels.

»Das kann nicht sein«, beharrte sie. »Ich habe keinen Sex mit Fremden. Und wenn ich welchen hätte, würde ich es nicht vergessen …«

Ihre Worte erstarben, als er eine kleine Bewegung mit der Hüfte machte, bei der sich sein Schwanz direkt auf ihre pochende Klitoris presste.

»Sagenhafte Orgasmen, nach denen wir beide um Atem gerungen haben?«

Alle Luft wich aus ihrer Lunge, als sie die Fingernägel in seine Hände grub, mit denen er ihre Handgelenke über ihrem Kopf festhielt.

»Hör auf«, stöhnte sie, obwohl sie nichts lieber wollte, als die Beine um seine Taille zu schlingen und sich bis zum Höhepunkt an ihm zu reiben. Das war nicht sie selbst. Sie wurde nicht scharf und lüstern, nur weil irgendein Kerl Sex mit ihr haben wollte. Auch nicht, wenn es sich um einen umwerfenden Typen handelte, der wie ein griechischer Gott gebaut war. »Irgendetwas hast du mit mir gemacht.«

»Nein, wir haben etwas miteinander gemacht.« Mit den Zähnen fing er ihre Unterlippe ein und zupfte sinnlich daran, um dann an ihrem Mundwinkel zu knabbern. »Etwas, das eigentlich nicht möglich sein dürfte.«

»Ich weiß nicht, wovon du redest.«

»Und das ist das Problem.«

Verdammt, sie hatte einen ganzen Berg Probleme.

Und die Ursache war dieser Mann, der eine nie gekannte Leidenschaft in ihr auflodern ließ.

»Würdest du bitte von mir runtergehen?«, forderte sie und hob das Becken an, als könnte sie ihn tatsächlich abwerfen.

Er schloss die Hände fester um ihre Handgelenke; zischend drang sein Atem zwischen zusammengebissenen Zähnen hervor.

»Halt. Still.«

Ihr Herz stockte. Hinter seinen glühenden Augen schien sich etwas zu bewegen. Ein ... angespanntes Lauern, das sie mit wildem Hunger beobachtete.

»Jesus.«

Er atmete tief ein. Ein Muskel spannte sich in seinem Kiefer. »Hör zu, *ma chère*, wir müssen uns unterhalten. Aber wenn du nicht aufhörst, dich zu bewegen, werde ich alles um mich herum vergessen bis auf den Drang, dich zu vögeln.«

Feuchtigkeit sammelte sich zwischen ihren Beinen, und ein rohes, sehnsüchtiges Verlangen durchbohrte sie.

»Sag ... sag nicht solche Sachen.«

»Erregt dich das?«

Ja. O Gott, ja.

Sie wollte gevögelt werden.

Hier und jetzt.

Sie schluckte ein Stöhnen hinunter.

»Es ekelt mich an«, zwang sie sich zu lügen. »*Du* ekelst mich an.«

Sein leises Lachen strich über ihr erhitztes Gesicht. »Bist du deshalb so feucht?«, stichelte er. »Und krallst du deshalb deine Fingernägel in meine Hand, als hättest du Angst, ich könnte verschwinden, bevor ich den Schmerz in dir gelindert habe?«

Sie zitterte. Er hatte recht.

Es wäre unerträglich, wenn er jetzt gehen und sie mit dieser überwältigenden, immer stärker anschwellenden Lust allein lassen würde.

»O Gott.«

»Schhhh.« Er hauchte einen sanften Kuss auf ihre Lippen. »Im Augenblick will ich nur reden.«

Sie wollte sich nicht beruhigen lassen. »Bevor oder nachdem du mir Drogen verabreichst?«

»Verdammt!« Sein schönes, strenges Gesicht verzog sich ärgerlich. Mit sichtlicher Mühe brachte er sein Temperament unter Kontrolle. »Hast du schon einmal von den Pantera gehört?«

Sie blinzelte.

Von allen Fragen, mit denen sie gerechnet hatte, stand diese ganz unten auf der Liste.

»Die Tier-Menschen, die durch die Sümpfe streifen?«, fragte sie verwirrt.

Er verzog den Mund. »Das ist wohl eine Möglichkeit, sie zu beschreiben. Was weißt du über sie?«

Sie zuckte die Schultern. Wie jedes Kind, das in der Nähe der Sümpfe aufgewachsen war, hatte sie die Geschichten über die absonderlichen wilden Bestien gehört, die halb Mensch, halb Tier waren und durch die Dunkelheit streiften.

Ashes Großmutter hatte steif und fest behauptet, in ihrer Jugendzeit hätten sich diese geheimnisvollen Geschöpfe unter die Stadtbevölkerung gemischt, aber die alte Frau war häufig verwirrt gewesen. Himmel, sie hatte sogar angedeutet, Ashes Vater sei eine Art Schamane gewesen, und kein fauler Sack, der sich aus dem Staub gemacht hatte, sobald er von der Schwangerschaft ihrer Mutter erfahren hatte.

»Ich weiß, dass sie genauso echt sind wie die Rougarous und Bigfoot«, sagte sie.

»Es gibt sie wirklich.« Er machte eine bedeutungsvolle Pause. »*Mich* gibt es wirklich.«

Ihr Mund wurde trocken. Angst schnitt ihr ins Herz.

»Du meinst, du bist ein Tier-Mensch?«

Das schöne Gesicht zu einer grimmigen Miene verzerrt, sagte er: »Ich bin ein Pantera.«

Sie versuchte zu lachen, doch es kam nur ein zitterndes Stöhnen heraus. »Ja, klar.«

»Sieh mich an, Ashe.« Seine Augen leuchteten heller, so als würde in ihren Tiefen ein Feuer mit jadegrünen Funken lodern. Sie waren ... wunderschön. Atemberaubend. Aber ganz sicher waren sie nicht menschlich. »Du weißt, dass ich die Wahrheit sage. Du hast vom ersten Augenblick an gespürt, dass ich anders war.«

Natürlich hatte sie gespürt, dass er anders war.

Kein normaler Mann konnte sich mit einer so anmutigen Schnelligkeit bewegen oder eine Frau mit einer Hand festhalten.

Und dann war da dieser verführerische Moschusduft, der ihr Gehirn vernebelte und ihr das Denken unmöglich machte.

»Ich wusste nicht, dass du ein verdammtes Tier bist«, brachte sie heiser hervor.

Er zuckte zusammen. Vor Wut weiteten sich seine Nasenflügel. »Vorsicht, *ma chère,* das Kind, das du in dir trägst, ist ein Pantera.«

Sie kniff die Augen fest zusammen. Das war zu viel für sie.

Viel. Zu. Viel.

»O Gott, bitte mach, dass das ein Albtraum ist.«

»Willst du dich wie eine Fünfjährige aufführen, die hofft, sie könnte einfach die Augen schließen und das Monster wegwünschen?«, schimpfte er. »Oder willst du mir ins Gesicht sehen und darüber reden wie eine Erwachsene?«

Sie riss die Augen auf.

Glaubte er etwa, das Kind einer unberechenbaren Säuferin hätte sich je einbilden können, es könnte die Monster fortwünschen?

»Ich war mit fünf schon erwachsen«, sagte sie kalt.

Etwas, das vielleicht Bedauern sein mochte, ließ seine raubvogelhaften Züge weicher wirken.

»Dann weißt du, dass wir uns den Konsequenzen unseres Tuns stellen müssen.«

»Du hast leicht reden. Ich kann mich an unser … Tun nicht einmal mehr erinnern.« Sie sah ihn skeptisch an. »Du hast etwas mit mir gemacht, damit ich es vergesse, oder? Ist das deine magische Kraft?«

Er zuckte die Achseln. »Eine von vielen.«

Also war sie in dieser Nacht nicht ohnmächtig geworden.

Sie wusste nicht, ob sie sich mit diesem Wissen nun besser fühlte oder nicht.

Eigentlich wusste sie überhaupt nicht, wie sie sich fühlte.

Sie leckte sich über die Lippen und erzitterte, als er seinen glühenden Blick mit überraschender Eindringlichkeit auf ihre Lippen richtete.

»Bist du …«

»Was?«

»Halb Mensch, halb Tier?«

3

Raphael hob eine Braue.

Herrgott. Glaubte sie ernsthaft, dass er in dieser Gestalt an manchen Stellen Fell hatte?

Dann rief er sich betrübt ins Gedächtnis, dass Ashe nur bruchstückhafte Erinnerungen daran hatte, wie er tief in sie gestoßen war, während sich in seinem Kopf jeder ihrer Küsse und jedes leise Stöhnen eingebrannt hatten.

Der Gedanke weckte in ihm den bestürzenden Drang, das Ganze zu wiederholen.

Sie so lange und so gründlich durchzuvögeln, dass sie seine Berührung nie, nie wieder vergessen würde.

Sein Zeichen auf ihr zu hinterlassen, damit kein Mann es je wieder wagen würde, sie anzufassen.

Meins.

Er unterdrückte ein leises Fauchen. Verdammt. Man hatte ihn zum Diplomaten gewählt, weil er als einer von wenigen Pantera in der Lage war, seine Gefühle zu kontrollieren.

Wie hatte diese Frau es geschafft, seine Selbstbeherrschung zunichte zu machen?

»Ja, ich bin beides, Mensch und Tier«, sagte er trocken. »Und bevor du nachguckst: In meiner Menschengestalt habe ich keine tierischen Körperteile.«

Mit bemerkenswertem Mut – wenn man bedachte, was sie in den letzten Stunden durchgemacht hatte – sah Ashe ihm in die Augen, fest entschlossen, die Wahrheit zu erfahren.

»Das heißt also, dass du mehr als eine Gestalt besitzt?«

»Wenn ich mich auf heimischem Boden befinde, kann ich mich verwandeln.«

»Verwandeln?« Sie blinzelte. »Wie ein Werwolf?«

Er gab ein angewidertes Geräusch von sich. »Nein. Ich bin ein Puma, kein räudiger Hund.«

Langsam drangen seine Worte zu ihr durch, und sie wurde bleich. »Wie?«

Raphael zögerte. Er kämpfte gegen den instinktiven Drang an, ihre Frage zu ignorieren.

In den letzten fünfzig Jahren hatten sich die ohnehin scheuen Pantera immer stärker isoliert. Sie hatten gespürt, dass sie gefährdet waren, konnten die konkrete Bedrohung aber nicht ermitteln.

Nur so viele Pantera, wie unbedingt für den Fortbestand der Art notwendig waren, verließen überhaupt noch die Wildlands, und sie offenbarten ihre Identität niemandem, außer einigen wenigen Menschen, denen sie vertrauten. Nun ja, und außer den Politikern, die über die Macht verfügten, ihre Heimat zu vernichten.

Doch noch während Raphael gegen alles ankämpfte, was er gelernt hatte, wusste er tief in seinem Inneren, dass diese Frau unschuldig war.

Er hätte es gespürt, wenn sie ihn angelogen hätte.

Sie ahnte tatsächlich nicht, wer die Pantera waren, und auch nicht, dass das Kind in ihrem Bauch eigentlich ein völlig unmöglicher Traum war.

»Wenn du eine umfassende Erklärung suchst, wirst du das Thema mit unseren Philosophen erörtern müssen«, antwortete er schließlich. »Aber die Kurzfassung ist, dass den Wildlands eine Magie innewohnt, die meine fernen Vorfahren erschaffen hat.«

Sie runzelte die Stirn. »Indem sie sie in Pumas verwandelte?«

»Indem sie ihnen die Fähigkeit verlieh, eine Tiergestalt anzunehmen. Es wird immer noch heiß diskutiert, ob ihnen alle Tiere zur Auswahl standen und sie sich für Pumas entschieden haben, weil es die gefährlichsten Raubtiere sind, die in den Bayous leben können, oder ob die Magie nur diese Form ermöglicht hat.«

Ihr Gesicht wurde noch eine Nuance bleicher, was ihre zerbrechliche Schönheit betonte. »Was könnt ihr sonst noch?«

Raphael spürte einen Stich des Bedauerns, als er ihre Handgelenke losließ und mit den Händen über ihre nackten Arme strich.

Es musste schwer für sie sein.

Nur leider wusste er nicht, wie er es ihr leichter machen konnte.

»Wie jeder Mensch hat auch jeder Pantera seine eigenen Begabungen.«

Obwohl sie unter der wachsenden Erregung erzitterte, blieb ihre Miene hart und misstrauisch.

»Das ist eine … ausweichende Antwort.«

Ihre satinweiche Haut unter seinen Fingerspitzen raubte ihm alle Konzentration, und das Tier in ihm regte sich in rastloser Begierde.

Es begriff nicht, dass er reden musste.

Es wollte zuschlagen. Wollte sich über Ashe hermachen. Sich mit der Frau paaren, die so warm und feucht unter ihm lag.

»Wir sind eine sehr verschlossene Spezies.«

»Sag bloß«, flüsterte sie. »Warum?«

»Wir haben unsere Gründe.«

Ihre Augen verdunkelten sich, als er mit den Händen die Konturen ihrer Schultern nachfuhr, um dann der Linie ihres Schlüsselbeins zu folgen. Offenbar begann auch ihre Konzentration zu schwinden.

»Sag mir nur, ob es auch zu deinen Begabungen gehört, Menschen zu verführen«, presste sie zwischen zusammengebissenen Zähnen hervor.

»Wir produzieren ein Pheromon, das aphrodisierend wirken kann«, sagte er und war nicht überrascht, als sich ihre Augen weiteten und sie panisch nach diesem Strohhalm griff, um sich die heftige Erregung zu erklären, die sie bei jeder seiner Berührungen packte.

»Ich wusste es«, brachte sie heiser hervor.

Er schüttelte den Kopf. »Ashe, das war es nicht, was zwischen uns passiert ist …«

»Du hast gerade gesagt …«

»Ich sagte, dass wir dieses Pheromon erzeugen können, aber glaub mir, das war gar nicht nötig.« Seine

Stimme klang belegt, und sein Schwanz begann vor beharrlichem Begehren zu pochen. »Als du in diese Bar gekommen bist, hat die Luft zwischen uns Feuer gefangen.«

Er konnte hören, dass ihr Herzschlag für einen Moment aussetzte, als sich ihre Brustwarzen zu winzigen Knospen der Versuchung verhärteten.

»Du behauptest also, ich hätte dich gesehen und wäre direkt ins nächste Bett gesprungen?«

Obwohl sie versuchte, verächtlich zu klingen, waren ihre geweiteten Pupillen und der Geruch ihrer Erregung unmissverständlich.

Er atmete tief ein und kostete ihren süßen Duft aus. »Ich habe keine andere Erklärung dafür, als dass wir uns gesehen haben und in Hitze geraten sind, und keine Macht der Welt hätte mich davon abhalten können, dich zu besitzen.«

»Hitze?«

»Wenn eine weibliche Pantera fruchtbar ist, gerät sie …«

»Nicht!« Sie hielt ihm den Mund zu. Ein komplexes Durcheinander von Gefühlen huschte über ihre zarten Züge. »Ich bin keine Pantera.«

»Nein«, stimmte er eilig zu. »Und selbst wenn du es wärst, hätte ich in der Lage sein müssen, mich zu beherrschen. Ich habe vielleicht die Seele eines Tieres, aber ich bin trotzdem ein Mensch.«

Sie suchte in seiner düsteren Miene nach der Wahrheit. »Hast du wirklich dafür gesorgt, dass ich alles vergesse?«

Er musste sich zwingen, ihr in die Augen zu sehen. Stolz war er nicht gerade darauf, ihren Kopf leergefegt zu haben.

Aber die nackte Wahrheit war, dass ihn die Wildheit seiner Begierde genauso schockiert hatte wie sie. Und dass er, obwohl er schon mit zahllosen Frauen geschlafen hatte, noch nie so sehr die Kontrolle verloren hatte wie in jener Nacht.

Er hatte nicht absolut sicher sein können, dass er die Tatsache, dass er kein normaler Liebhaber war, nicht irgendwie verraten hatte.

Jetzt wusste er, dass dieses kleine Kunststück ihre ohnehin schon völlig verfahrene Beziehung nur noch komplizierter machen würde.

»Ich besitze die Fähigkeit, deine Erinnerungen zu vernebeln«, gab er widerstrebend zu.

Sie erstarrte. »Du kannst meine Gedanken manipulieren?«

»Nein«, knurrte er. »Ich kann dich nur … veranlassen, dich nicht zu erinnern. Es ist ein kleiner Trick, der es meinem Volk ermöglicht, unsere Existenz vor dem Großteil der Welt geheim zu halten.«

Er spürte, wie sie sich unter ihm versteifte. »So nennt ihr das? Einen kleinen Trick?«, fuhr sie ihn an. Ihre Augen blitzten auf. »Ich dachte, ich verliere den Verstand, als der Arzt sagte, ich wäre schwanger. Dann kamen die ersten Erinnerungsfetzen, und sie machten mir Angst, weil ich nicht wusste, ob sie real waren oder die ersten Anzeichen einer beginnenden Geisteskrankheit.«

»Tut mir leid«, sagte er.

Das tat es wirklich. Der Gedanke, dieser Frau auch nur für eine Sekunde Leid zuzufügen, war abscheulich. Aber da er allmählich begriff, dass die Schwangerschaft kein Trick war, sondern sie tatsächlich sein Baby in ihrem Bauch trug, konnte er nicht mehr bereuen, sich seinen primitiven Trieben hingegeben zu haben.

Diese Frau als seine Gefährtin, ein eigenes Kind …

Das erfüllte ihn mit einer so wilden Freude, wie er es niemals erwartet hätte.

Ihr Mund spannte sich. »Mehr hast du nicht dazu zu sagen? Es tut dir leid?«

Als sein Blick an ihren Lippen hängen blieb, begann sein Schwanz zu zucken und das Tier in ihm verlor die Geduld.

»Eigentlich war es unmöglich.«

»Dass ich mich trotzdem erinnere?«

»Ja, das – und die Schwangerschaft.«

»Hast du verhütet?«

»Nein.« Er begegnete ihrem herausfordernden Blick, wieder erstaunt über ihren Mut. Die meisten Menschen, Männer wie Frauen, hätten sich vor Angst zusammengekauert. Nicht so seine schöne Ashe. Der Puma in ihm wand sich vor Stolz. »Ich kann keine menschlichen Krankheiten bekommen oder übertragen, für dich bestand also keine Gefahr. Und noch nie ist eine Menschenfrau von einem Pantera schwanger geworden.«

»Noch nie?«

»Kein einziges Mal in der jüngeren Vergangenheit.«

Ihre Augen weiteten sich. »Dann ist das Kind vielleicht gar nicht von dir.«

»Ashe …«

»Du hast selbst gesagt, dass du in meiner Erinnerung herumgepfuscht hast. Vielleicht hatte ich kurz nach dir Sex mit einem anderen Mann …« Sie stieß einen kleinen Schrei aus, als sich seine Zähne in ihren Hals gruben. Nicht so fest, dass sie ihre Haut aufgeritzt hätten, aber doch mit genug Kraft, um seine Besitzansprüche deutlich zu machen. »Scheiße, Raphael«, keuchte sie und grub die Nägel in seine Schultern, während sie sich unter ihm wand.

Nicht vor Schmerz.

Sondern vor purer Lust.

»Kein anderer Mann hat dich angefasst«, fauchte er. Er hatte die Nase an ihre Haut gepresst, um ihren Duft einzuatmen und das Tier in ihm zu beruhigen.

Zitternd drückte sie den Kopf ins Kissen und bog ihm in einer unbewussten Aufforderung ihren Hals entgegen.

»Wie kannst du dir da so sicher sein?«

»Weil du mir gehörst.« Er bedeckte die Bissspuren mit zarten Küssen, bevor er sich weiter nach unten bewegte. »Das kann ich sogar schmecken«, raunte er, während er mit der Zungenspitze ihre Brustwarze umkreiste.

Ashe stöhnte auf und grub die Hände in sein Haar. »Was hat das zu bedeuten?«, wollte sie wissen.

»Du schmeckst nach Sonnenlicht«, flüsterte er, während er ihre harte Brustwarze weiter mit der Zunge umspielte, »nach guter, fruchtbarer Erde und nach Magie. Du schmeckst nach Zuhause.«

Sie kniff die Augen zusammen, als ihr die Röte in die Wangen stieg. »Was machst du da mit mir?«

»Nichts, was du nicht willst, *ma chère*«, versprach er. Seine Lippen zeichneten einen zarten Pfad aus Küssen auf ihren Bauch. »Meins«, raunte er, als er mit seinen übermenschlichen Sinnen bereits das winzige Baby in ihrem Unterleib wahrnahm.

Mit einem leise geflüsterten »Hallo« schob er sich vom Bett und entledigte sich mit minimalem Aufwand seiner Kleidung. Dabei genoss er das Gefühl, wie Ashe die harten Muskeln seines nackten Körpers und das Tattoo oben auf seiner Brust mit begierigen Blicken in sich aufsog. Er blieb stehen und nahm sich einen Herzschlag lang Zeit, einfach nur ihren Anblick auszukosten, wie sie auf der Matratze lag und ihre dunklen Haare über das Laken flossen, ihr Körper eingetaucht in silbernes Mondlicht.

Wie ein erlesenes Opfer für die Götter.

Dann kniete er sich mit einem Bein auf die Bettkante und beugte sich vor, um ihr empfindliches Fußgewölbe zu küssen und an jedem einzelnen ihrer winzigen Zehen zu knabbern.

Sie stieß ein ersticktes Stöhnen aus, als er sich langsam an ihrer Wade hinaufarbeitete und den berauschenden Duft ihrer Erregung in sich aufnahm.

Als sie aufstöhnte und rastlos auf der Matratze hin

und her rutschte, packte Raphael sie an den Hüften, um sie festzuhalten.

Er wollte sich genüsslich über sie hermachen. Bevor er mit ihr fertig war, sollte sie vor Lust schreien.

Zur Strafe versetzte er ihr einen kleinen Biss, ehe er sich weiter nach oben bewegte und ihre Beine auseinanderschob. Der Puma in ihm stieß ein leises, erwartungsvolles Knurren aus.

»Raphael.« Ashe krallte die Finger in seine Haare, als er mit der Zunge ihre feuchte Hitze erkundete. Er schob die Hände unter ihre Hüften und fand den perfekten Winkel, um sich dann wieder mit voller Konzentration seiner Aufgabe zu widmen.

Er leckte sie und tauchte seine Zunge in die kleine, enge Höhle, um ihren süßen Geschmack zu kosten.

O Verdammt. Dieses Aroma war berauschend. Besser als der kostbarste Wein.

Mit der Zunge suchte er nach ihrer Klitoris, fand das winzige Bündel Lust und sog es zwischen seine Lippen.

Sie bäumte sich unter ihm auf, zerrte an seinen Haaren. Aus ihrem Stöhnen wurde ein abgehacktes Keuchen.

Der Geschmack ihres nahenden Orgasmus weckte ein protestierendes Zucken in seinem Schwanz.

So verlockend es auch sein mochte, sie bis zum Ende zu lecken, er brauchte mehr.

Er wollte ihr in die Augen sehen, während er tief in sie stieß und die intimste Verbindung vollzog, die zwischen Liebenden möglich war.

Nach einem letzten, langsamen Zungenschlag schob Raphael sich weiter nach oben und eroberte ihren Mund in einem Kuss reiner Begierde. Niemals würde er genug von ihr bekommen.

Nie.

Instinktiv schlang sie in einer wortlosen Einladung die Beine um seine Taille. Raphael stieß ein raues Stöhnen aus. Der Drang, seinen Schwanz in sie zu stoßen und sie beide zu einem schnellen, befriedigenden Höhepunkt zu treiben, ließ ihn erzittern. Doch dabei war ihm nur zu deutlich bewusst, dass sie wesentlich zerbrechlicher war als eine Pantera-Frau.

Er musste vorsichtig sein.

Tief sah er ihr in die Augen, schob die Spitze seines Glieds in sie hinein und hielt inne, um das Gefühl auszukosten, wie sich ihr feuchtes Fleisch um seine Eichel schloss.

O verdammt. Er hätte auf der Stelle kommen können, so gut fühlte sich das an.

Unter ihm wimmerte Ashe und grub die Fingernägel in seine Oberarme, um ihn näher an sich zu ziehen.

»Warum hörst du auf?«, flehte sie. »Ich brauche dich.«

»Ruhig, *ma chère*«, raunte er. »Ich will dir nicht wehtun.«

»Das wirst du nicht … o Gott …«

Sie hob die Hüften an und nahm seine pochende Erektion tiefer in sich auf. Beide stöhnten, und in der Luft lag der dunkle Moschusduft seines inneren Tiers, das so gefährlich dicht an die Oberfläche gekommen war.

Er war jetzt ein Pantera in seiner primitivsten Form, ohne jeden Schleier der Zivilisation, der ihn sonst menschlich erscheinen ließ.

Er schob die Hände unter ihre Schulterblätter und senkte den Kopf, um ihre Lippen in Besitz zu nehmen, gleichzeitig stieß er in sie und nahm mit seiner stahlharten Erektion ihren Körper in Besitz.

Als er ganz in ihr war, hielten sie sich fest umschlungen. In sengenden Wogen rollte die Lust über sie hinweg.

»Du hast mich verzaubert«, keuchte er, als er sich ein Stück zurückzog, um dann mit einer kreisenden Bewegung aus der Hüfte wieder zuzustoßen. Erschrocken keuchte sie auf, erstickt von der wachsenden Erregung, die sie in ihren Bann schlug. »Ich gehöre dir.«

Er bedeckte ihr Gesicht mit Küssen, während er langsam und unerbittlich in sie stieß. Oh, er wünschte, dass es die ganze Nacht dauern könnte, doch schon spürte er, wie der Druck des Höhepunkts sich in ihm aufbaute. Er barg das Gesicht an ihrem Hals, drückte sie fest an sich und grub die Fingernägel unbeherrscht in ihre zarte Haut.

Er war verloren.

Verloren in dem überwältigenden Gefühl, wie sie sich eng und heiß um seinen schwellenden Schwanz schloss.

Er behielt sein unerbittliches Tempo bei, bis sie

sich unter ihm spannte, bis der wilde Rhythmus ihres hämmernden Herzschlags in ihm widerhallte.

Doch erst als er ihren leisen Schrei der Erleichterung hörte, ließ er den Puma in sich los. Ohne dass es ihm bewusst war, ritzte er ihre Haut mit seinen Krallen, um sie auf die primitivste Weise zu zeichnen.

Mit einem letzten, tiefen Stoß drang er in sie, bis seine Hoden auf ihren Po schlugen und sein Orgasmus mit atemberaubender Gewalt durch seinen Köper donnerte.

Gott. Verdammt.

Drehte sich die Welt noch? Ihm war, als wäre sie zu einem bebenden, verheerenden Stillstand gekommen.

Er hob den Kopf und betrachtete Ashes befriedigten Gesichtsausdruck. Ein zufriedenes Lächeln umspielte seine Lippen.

Schwer lag der Geruch von Lust in der Luft, vermischt mit seinem eigenen Moschusduft und …

Blut?

Ungläubig rollte er sich auf die Seite und drehte Ashe so, dass er sich die Kratzer ansehen konnte, die an den Schulterblättern über ihre Haut liefen.

Diese Kratzer stammten von Krallen. Nicht von menschlichen Fingernägeln.

Obwohl sie nicht tief waren, wusste Raphael ohne jeden Zweifel, dass sie auf jeder Schulter vier silbrige Linien hinterlassen würden, die Ashe für immer als seine Gefährtin zu erkennen gaben.

Nein, das war nicht möglich.

Pantera konnten sich nicht verwandeln, solange sie nicht in den Wildlands waren. Zwar glühten ihre Augen in der Dunkelheit oder wenn ihre Gefühle in Aufruhr gerieten, und der Moschusgeruch, der von ihnen ausging, stand in unmittelbarer Verbindung zu dem Puma in ihnen. Aber es war ihnen unmöglich, Teile ihres Körpers zu verwandeln.

Also was zum Teufel war hier gerade passiert?

4

Raphael hinderte Ashe nicht daran, sich wieder auf den Rücken zu legen. Ein Stirnrunzeln hatte das selige Strahlen, das ihr Gesicht nach dem Höhepunkt erfüllt hatte, vertrieben.

»Was sollte das?«

»Das ist Wahnsinn«, murmelte er.

»Da gebe ich dir recht.« Das Kinn abweisend an die Brust gezogen, riss sie das Laken hoch, um ihren Körper zu bedecken, der von der Erregung noch leicht gerötet war. »Sex mit einem Fremden, der noch dazu behauptet, nicht menschlich zu sein – das ist ganz sicher Wahnsinn. Und das Schlimmste ist, dass ich jetzt eine ungewollte Schwangerschaft am Hals habe.«

Ihre schroffen Worte rissen ihn aus seinem überwältigten Staunen darüber, dass noch etwas möglich geworden war, was eigentlich hätte unmöglich sein müssen.

Während er beim Anblick der Paarungsmale ganz außer sich geraten war, hatte sie sich nach der explosiven Leidenschaft entblößt und verwundbar gefühlt. Er hätte sich jetzt an sie kuscheln und ihr sagen sollen, dass sie genau dort war, wo sie hingehörte.

In seinen Armen.

So aber versuchte sie verzweifelt, ihre Schutzmauern wieder aufzubauen.

Herrgott, konnte er diese Situation wirklich noch schlimmer machen?

Er stützte sich auf den Ellbogen und begegnete ihrem wachsamen Blick mit offener Besorgnis.

»Du willst das Baby nicht?«

Ihr Widerstand schmolz, und tief in ihren dunklen Augen sah er etwas herzzerreißend Verwundbares.

»Ich … hatte noch keine Zeit, darüber nachzudenken.«

Vorsichtig legte er die Hand auf ihren Bauch und musste gegen die plötzliche, heftige Angst ankämpfen, sie könnte die Schwangerschaft tatsächlich abbrechen.

»Ashe, ich übertreibe nicht, wenn ich das hier als ein Wunder bezeichne«, sagte er sanft. Dass seine Stimme flehend klang, war ihm egal. Es war gut möglich, dass sich sein Kind als Erlöser der Pantera erweisen würde. »Mein Volk …«

Abrupt brach er ab, und seine Muskeln spannten sich, als er den Kopf zur Tür wandte.

»Was ist?«, fragte sie.

»Weiß ich nicht genau.«

Mit einer geschmeidigen Bewegung war er aus dem Bett aufgestanden und stieg in Jeans und T-Shirt, ehe er lautlos das Zimmer durchquerte.

Er drückte sein Ohr an die Tür. Mit seinen ausgeprägten Sinnen nahm er den unverkennbaren Geruch zweier Männer war, die die Treppe heraufkamen, und außerdem den metallischen Gestank ihrer Schusswaffen.

Es war allerdings nicht der beißende Geruch der Waffen, der den Puma in ihm warnend fauchen ließ.

Da lag etwas ... Seltsames im Geruch der Männer.

Keine Medikamente oder Krankheiten.

Sondern ein säuerlicher Geruch, der einfach nur falsch war.

Ohne zu zögern, machte er kehrt und lief zur anderen Seite des Zimmers zurück. Auch wenn er keine Ahnung hatte, wer zum Teufel diese Männer waren, er würde nicht abwarten, bis er es herausfand.

Nicht, wenn seine Gefährtin und sein Kind seinen Schutz brauchten.

Am Bett angekommen, bückte er sich, wickelte die verblüffte Ashe in das Laken, hob sie von der Matratze und drückte sie an seine Brust, während er aufs offene Fenster zuging.

»Was zum Geier machst du da?«, keuchte sie heiser und kämpfte vergeblich gegen das Laken an, in dem sie sich verfangen hatte.

»Wir gehen.«

»Aber ich ...«

Er legte eine Hand auf ihren Mund und beugte sich über sie, um in ihr Ohr flüstern zu können.

»Pssst. Wir müssen hier raus. Sofort.«

Sie verspannte sich in seinen Armen. »Du machst mir Angst.«

»Ich werde nicht zulassen, dass dir etwas geschieht.« Diese Worte waren ein Schwur aus der Tiefe seiner Seele. »Halt dich fest.«

Ihre Augen weiteten sich, als er sie aus dem Fenster hielt und sie zu spät begriff, was er vorhatte.

»Nein«, brachte sie erstickt hervor, doch da stieß er sich schon vom Boden ab, und sie fielen in die Tiefe.

Er landete weich, Ashe fest an seine Brust gedrückt, und tastete die Dunkelheit mit allen Sinnen ab.

Erst als er sicher war, dass sich kein Fremder in der Gasse herumdrückte, trabte er zur nächsten Seitenstraße und rannte dann mit einer Geschwindigkeit, die niemand mehr für menschlich gehalten hätte, Richtung Süden.

In diesem Augenblick interessierte es ihn nicht, ob er seine überlegenen Kräfte offenbarte. Er musste Ashe in Sicherheit bringen.

Ashe, die noch immer mit aller Kraft versuchte, ihre Arme frei zu bekommen – zweifellos, um ihm eins überzuziehen – stieß schließlich ein ungeduldiges Zischen aus.

»Verdammt, lass mich runter.«

»Nicht bevor wir in Sicherheit sind.«

»In Sicherheit wovor?«

Ein Blick in ihre skeptisch zusammengekniffenen schwarzen Augen verriet ihm, dass ihr nichts von dem gefallen würde, was er sagen könnte.

»Ich weiß es nicht.«

»Du schleifst mich mitten in der Nacht nackt durch die Stadt und weißt nicht, warum?«

»Das trifft es in etwa.«

»Das *trifft es*?« Wütend strampelte sie mit den Beinen. »Bring mich zurück ins Hotel.«

»Keine Chance, verdammt.«

»Ich schreie. Ich …« Sie brach ab, als er den Stadtrand erreichte und am Rand der Sümpfe entlanglief, um dann direkt auf das Cougar's Den zuzuhalten. »Warum bringst du mich hierher?«

Er achtete nicht auf ihre Frage, sondern lief die Hintertreppe hinauf und hämmerte mit der Faust gegen die Stahltür.

Angespannt wartete er, während der Sicherheitsdienst ihn über die Monitore überprüfte, dann endlich wurde die Tür geöffnet. Dahinter stand ein wütender Bayon.

»Was zum Teufel machst du da?«, fauchte der jüngere Pantera mit einem zornigen Blick auf die Frau in Raphaels Armen.

Raphael schob sich an seinem Freund vorbei und betrat den Lagerraum der Bar.

»Sieh nach, ob uns jemand gefolgt ist«, befahl er.

Einen Augenblick lang sträubte sich Bayon, als wollte er eine Erklärung fordern. Doch dann schlüpfte er, etwas über verrückte Pumas in Hitze murmelnd, aus der Tür und verschmolz mit den Schatten.

Raphael packte die immer noch wütende Ashe fester, durchquerte den Lagerraum und trat gegen den Rand eines Holzregals, woraufhin die Wand aufschwang und die geheimen Räume hinter der Bar freigab.

Im Gemeinschaftsraum blieb er stehen. Hier konnten sich Pantera, die zu Besuch in der Gegend waren, ungestört versammeln.

Der Raum war nicht besonders schick eingerichtet. Kaum mehr als zwei weiche Sofas und eine Handvoll gepolsterter Stühle, robust genug, um die Raufereien und Kämpfe zu überleben, die bei dieser Spezies nicht ausblieben – schließlich waren sie im Herzen wilde Tiere.

Aber es war der einzige Raum, in dem sie sich ungestört unterhalten konnten.

Das nächste Zimmer beherbergte eine High-Tech-Sicherheitsausstattung, um den Rand der Sümpfe zu überwachen und jeden im Auge zu behalten, der die Bayous betrat. Im Obergeschoss lagen private Schlafzimmer.

Auf gar keinen Fall würde er Ashe noch einmal in ein Zimmer bringen, in dem ein Bett stand.

Jedenfalls nicht, solange er nicht absolut sicher war, dass keine Gefahr für sie bestand.

Behutsam stellte er sie auf die Füße und wich eilig zurück, aber trotzdem schaffte sie es noch, auszuholen und ihm einen Schlag aufs Kinn zu versetzen.

»Wie kannst du es wagen, mich zu entführen?«, fuhr sie ihn an, ihre brodelnde Angst hinter Wut verbergend.

Raphael rieb sich das Kinn. Weniger aus Schmerz, als um ihr das befriedigende Gefühl zu verschaffen, sie hätte ihm tatsächlich wehgetan.

»Ich werde dich und mein Kind beschützen, ob du das willst oder nicht.«

Sie zupfte an dem Laken, um es fester um ihren Oberkörper zu wickeln. Wie ein Wasserfall aus Ebenholz floss ihr Haar über die nackten, elfenbeinfarbenen Schultern.

»Wovor beschützen?«

»Das wüsste ich auch gern«, mischte sich Bayon ein, der gerade ins Zimmer kam, die Arme vor der Brust verschränkt.

Instinktiv stellte sich Raphael schützend an Ashes Seite.

»Ashe, das ist Bayon«, sagte er, ohne seinen warnenden Blick auch nur für einen Moment von dessen grimmiger Miene zu lösen.

»Er ist ein …?«

Sie brauchte den Satz nicht zu beenden, damit Raphael wusste, was sie fragen wollte.

»Pantera. Ja.«

Bayon legte die Stirn in Falten. »Scheiße, du hast es ihr gesagt?«

Raphael, der spürte, wie Ashe zitterte, legte ihr einen Arm um die Schultern und zog sie an sich.

»Sie trägt mein Kind in ihrem Bauch.«

Als Bayon die schnell heilenden Kratzer auf Ashes Rücken erblickte, stieß er ein erschrockenes Zischen aus.

»Und dein Mal auf ihrem Rücken.« Ungläubig schüttelte Bayon den Kopf. »Verdammt, Raphael, was zum Teufel ist hier los?«

»Tja, das steht noch zur Diskussion.«

»Und solange wir die Wahrheit nicht kennen, hättest du sie nicht herbringen dürfen. Wir können ihr nicht trauen.«

»Ihr könnt *mir* nicht trauen?«, mischte sich Ashe in den Streit ein. Funken blitzten in ihren Augen. »Habe ich etwa dieses Sex-Parfüm abgesondert, um eine nichtsahnende Frau zu schwängern, dann in ihrem Kopf herumgepfuscht und sie anschließend entführt?«

Ruckartig zog Bayon die Brauen zusammen.

»Warum bist du damals überhaupt hierhergekommen?«

Ashe versteifte sich. »Das geht dich nichts an.«

Bayon trat einen Schritt auf sie zu. »Wer hat dich geschickt?«

»Mich hat niemand geschickt.«

»Warum warst du dann hier?«

»Ich habe die Schulden meiner Mutter bezahlt. Sie ist die Schnapsdrossel der Stadt«, fuhr Ashe ihn an. Anscheinend hatte sie eingesehen, dass der störrische Pantera nicht nachgeben würde. »Zufrieden?«

»Nicht einmal annähernd.«

Roter Dunst vernebelte Raphaels Verstand, als Bayon die Hand nach Ashe ausstreckte. Eigentlich glaubte er nicht, dass sein Freund Ashe etwas antun wollte, aber das spielte keine Rolle.

Im Bruchteil einer Sekunde hatte er Bayon an die Wand gedrückt und presste ihm seinen Unterarm gegen die Kehle.

»Fass. Sie. Nicht. An«, warnte er ihn. Drohende Gewalt knisterte in der Luft. »Sie ist unschuldig.«

Bayon hielt still. Er wusste, dass er Raphael zu sehr unter Druck gesetzt hatte.

»Du kannst nicht sicher sein.«

»Doch, das kann ich.«

»Warum?«

Raphael hielt dem Blick seines Freundes stand und ließ ihn die Wahrheit in seinen Augen lesen.

»Weil sie zu mir gehört.«

Bayon sah ihn finster an, doch in seinen laubgrünen Augen blitzte ein Hauch Verunsicherung auf.

»Das ist unmöglich.«

»Darüber können wir uns später streiten.« Raphael zwang sich, den Arm zu senken und zurückzutreten. »Jetzt brauche ich deine Fähigkeiten.«

Bayon warf einen kurzen Blick auf die angespannte Ashe, bevor er sich wieder an Raphael wandte und diesem langsam zunickte.

»Wofür?«

»Ich habe den Geruch von zwei Männern gewittert, die das Hotel betreten hatten.«

Bayon blinzelte. »Soll das ein schlechter Scherz werden?«

»Sie waren bewaffnet.«

»In diesem gottverlassenen Kaff trägt jeder eine Waffe.«

Raphael schüttelte den Kopf. »Aber nicht so viele, dass man damit den Dritten Weltkrieg anfangen könnte.«

»Es könnten Wilderer gewesen sein«, argumentierte Bayon mit einem Schulterzucken.

»Sie rochen irgendwie …«

»Wie?«

»Falsch.«

Bayon und Raphael sahen einander an; beide erinnerten sich an Parishs Warnung. Dem Anführer der Jägerfraktion zufolge gab es Berichte über Begegnungen mit Menschen, deren Geruch abstoßend auf die empfindlichen Sinne der Pantera wirkte.

Parish war sicher gewesen, dass diese Menschen die Wildlands ausspähen wollten.

Bayon nickte knapp. »Ich werde sie überprüfen.«

Nachdem sein Freund hinausgegangen war und die Tür hinter sich geschlossen hatte, trat Raphael direkt vor Ashe.

Keine Sekunde lang hatte er ihr Schweigen und den stoischen Gesichtsausdruck für ein Zeichen von Resignation gehalten. Nur leider musste er jetzt in den Wildlands anrufen und seine Leute warnen, damit sie zusätzliche Wachen an den Grenzen postierten.

»Du musst hierbleiben«, sagte er und versuchte seine blankliegenden Nerven mit dem Wissen zu beruhigen, dass sie, auch wenn sie es wollte, keine Chance hatte, von hier zu entkommen.

Die Schlösser waren so konstruiert, dass sie nur auf die Berührung von Pantera reagierten. Bei einem Menschen würden sie keinen Millimeter nachgeben.

Sie sah ihn unter zusammengezogenen Brauen an und hielt das Laken so fest umklammert, dass ihre Knöchel weiß hervortraten. »Wo willst du hin?«

»Einen ... Freund anrufen.«

»Und ich soll hier warten?« Kochend vor Zorn starrte sie ihn an. »Glaubst du, wegen ein paar Runden heißem Sex habe ich das Stockholm-Syndrom entwickelt?«

Er senkte den Kopf und küsste sie voller Unzufriedenheit.

Nichts hätte er lieber getan, als sie auf den Arm zu nehmen und in seine Heimat zu bringen, um dort das neue Leben zu feiern, das sie gemeinsam erschaffen hatten.

Stattdessen quälte ihn die wachsende Furcht, dass unmittelbar außerhalb seines Blickfeldes ein unsichtbarer Fremder lauerte.

»Bleib einfach nur hier und benimm dich.«

5

Ashe war noch immer völlig neben der Spur, als Raphael das Zimmer durch eine schmale Tür auf der gegenüberliegenden Seite verließ.

Eigentlich war sie schon die ganze Zeit neben der Spur gewesen, seit der Arzt angerufen und ihr die schockierende Nachricht von ihrer Schwangerschaft überbracht hatte.

Das war einer der Gründe, warum sie ins Hotel gegangen war, anstatt ihre Mutter zu überreden, sie wieder ins Haus zu lassen.

Sie hatte ein paar Stunden Zeit für sich gebraucht, um in Ruhe darüber nachzudenken, welche Möglichkeiten sie jetzt hatte.

Doch statt Ruhe zu finden, war sie von dem Kerl belästigt worden, der sie geschwängert hatte. Sie hatte erfahren, dass er ein Geschöpf war, das sie lange für eine Legende gehalten hatte, um dann aufs Neue verführt und anschließend gekidnappt zu werden.

Als sie die Finger an ihre Lippen hob, auf denen noch immer sein Kuss kribbelte, verzog sie das Gesicht.

Okay. Vielleicht war es nicht ganz fair zu behaupten, er habe sie verführt.

Sie hatte ihn ja geradezu angefleht, das Verlangen zu stillen, das in den vergangenen sechs Wochen in ihr geschwelt hatte.

Und wenn sie ehrlich war, musste sie sich eingestehen, dass ihr treuloser Körper bereit und willens war, diese Erfahrung zu wiederholen.

Und das war genau der Grund, weshalb sie um jeden Preis von diesem verstörenden Mann wegmusste.

Nein … Er war kein Mann.

Er war ein Pantera.

Ein wildes Tier.

Geistesabwesend fasste sie sich an die Schulter, um die Kratzer zu betasten, die Bayon offenbar so schockiert hatten. Sie taten nicht weh. Sie kribbelten sogar auf eine lustvolle Weise, die nicht weniger verstörend war als die Tatsache, dass Raphael sie absichtlich gezeichnet hatte.

Oh ja. Sie brauchte verdammt dringend ein wenig Freiraum, um einen klaren Kopf zu bekommen.

Sie ging zu der Tür, durch die sie das Zimmer betreten hatten, und legte vorsichtig die Hand an den silbernen Knauf.

Sie wusste nicht, was sie erwartet hatte. Schrillende Alarmglocken. Eine Falltür, durch die sie in eine Alligatorengrube stürzen würde. Einen elektrischen Schlag.

Etwas, das sie daran hinderte, diese geheimen Räume zu verlassen.

Aber als sie den hinteren Bereich des Lagerraums

betrat, gab es dort nichts, was die Stille durchbrochen hätte, außer dem donnernden Klopfen ihres eigenen Herzens.

Noch immer aufs Äußerste angespannt, schlich sie auf Zehenspitzen zur Außentür. Gut möglich, dass ein stummer Alarm ausgelöst worden war. Oder dass draußen Wachen standen, die sie bei ihrer Ankunft nicht bemerkt hatte.

Und natürlich war da diese geheimnisvolle Gefahr, die Raphael angeblich verfolgte.

Solange sie nicht genug Land zwischen sich und diese bizarren Kreaturen gebracht hatte, würde sie ganz besonders vorsichtig sein müssen.

Wieder war sie überrascht, als sich die Tür problemlos öffnen ließ. Tief geduckt rannte sie die steile Treppe hinunter und eilte direkt auf die Autos zu, die am Rand der schmalen Straße parkten.

Der kalte Hauch einer seltsamen Vorahnung ließ sie erzittern. Als würden unsichtbare Augen jeden ihrer Schritte verfolgen.

Verdammt. Sie musste zurück zum Hotel.

Dort würde sie sich anziehen, ihre Wagenschlüssel holen und dann so schnell wie möglich den Ort verlassen.

Und dann …

Tja, darüber würde sie sich Gedanken machen, wenn sie weit, weit weg war.

Ashe blieb stehen, um das Laken fester um sich zu wickeln, atmete tief durch und nahm ihren ganzen, angeschlagenen Mut zusammen.

Sie hatte eine Kindheit voller Vernachlässigung ertragen, durchsetzt mit Episoden entsetzlicher Gewalt seitens einer Mutter, die sie nie geliebt hatte. In ihrer gesamten Schulzeit war sie gedemütigt und schikaniert worden. Später hatte sie als Sekretärin für einen miesen Typen arbeiten müssen, der seine Hände nicht bei sich behalten konnte, nur um ein Dach über ihrem Kopf zu behalten.

Sie hatte wahrhaft begriffen, was der Satz »Was dich nicht umbringt, macht dich härter« bedeutete.

Jetzt straffte sie den Rücken und warf einen letzten finsteren Blick auf die schäbige Bar, die im Schein der Neonlichter lag.

»Mich benehmen?«, murmelte sie. »Nicht in diesem Leben.«

Sie befreite ihre nackten Füße aus den Falten des Lakens und richtete den Blick auf den Rand der wilden Sümpfe, die auf der anderen Straßenseite begannen. Sie war nicht gerade scharf darauf, durch den Schlamm zu waten, ganz zu schweigen von den zahllosen Gefahren, die in den Bayous lauerten. Aber nur mit einem Laken bekleidet konnte sie schlecht durch die Straßen marschieren, ohne unerwünschte Aufmerksamkeit auf sich zu ziehen. Nicht einmal in diesem abgelegenen Nest.

Sie würde am Rand des Sumpfs entlanglaufen müssen, bis sie nahe genug am Hotel war.

Nachdem sie diese Entscheidung getroffen hatte, huschte sie über die Straße. Sie verzog das Gesicht, als sich der Kies in ihre Fußsohlen bohrte. Allmächtiger Gott. Würde diese Nacht jemals vorübergehen?

Sie hatte den Gedanken kaum zu Ende gedacht, als sie ein seltsames Surren direkt neben ihrem Ohr hörte. Ungeduldig wedelte sie mit der Hand, weil sie dachte, es wäre einer der gigantischen Käfer, die sich in der Nachtluft tummelten.

Manche davon wurden so groß wie kleine Vögel.

Erst als sie in einer Zypresse direkt hinter sich einen vernehmlichen Knall hörte, blieb sie abrupt stehen, wandte den Kopf und starrte auf den Pfeil, der im Stamm steckte.

Es war nicht weiter ungewöhnlich, dass Einheimische mit Pfeil und Bogen auf die Jagd gingen. Manche Leute pflegten die Traditionen ihrer Vorfahren. Andere mochten die Herausforderung, die darin lag, auf die altmodische Art zu jagen. Und wieder andere hatten einfach nicht genug Geld, um sich ein Gewehr zu kaufen.

Aber wer ging mitten in der Nacht auf die Jagd?

Und warum so nah an der Stadt?

Dass nicht etwa ein unglückseliges Kaninchen, sondern sie selbst die Beute war, begriff Ashe unglücklicherweise erst, als ihr der zweite Pfeil die Schulter aufriss.

Scheiße. Scheiße. Scheiße.

Sie hätte nicht gedacht, dass Raphaels Kumpels wirklich versuchen würden, sie umzubringen.

Aber vielleicht waren es auch gar nicht seine Freunde, sondern seine angeblichen Feinde.

Aber warum sollten die auf sie schießen?

Nicht, dass das *Wer* oder *Wo* im Moment eine Rolle gespielt hätte.

Mit einem unterdrückten Aufschrei flitzte sie ins nächste Gebüsch, wo sie sich auf den Boden kniete und durch die Zweige spähte.

Es war zu dunkel, um mehr als grobe Umrisse zu erkennen. Sie glaubte, etwas über das Dach des geschlossenen Holzlagers rennen zu sehen, und ... schlich da etwa jemand zwischen den Lastwagen herum?

Oh Gott.

Für eine Sekunde drohte die Panik sie zu überwältigen.

Sie hatte kein Handy, keine Kleidung und keine Waffe, um sich zu verteidigen.

Noch schlimmer war, dass sie nicht wusste, ob Hilfe kommen würde, wenn sie schrie, oder nur noch mehr Angreifer.

Dann glitt ihre Hand unbewusst zu ihrem Bauch, und ein plötzlicher Beschützerdrang ließ sie entschlossen den Rücken straffen.

Verflucht, sie würde nicht wie ein wehrloses Opfer hier warten.

Sie hatte ein Kind zu beschützen, und das hieß, dass sie entkommen musste.

Den unteren Rand des Lakens um einen Arm geschlungen, sodass es sie nur noch bis zum Knie bedeckte, lief sie rückwärts weiter. Wenn sie es bis zu den Bayous schaffte, hatte sie eine Chance, die Mistkerle abzuschütteln.

Sie kümmerte sich nicht um das Geräusch herannahender Schritte und den seltsamen Geruch, der sie angewidert die Nase rümpfen ließ. Ihre einzige Hoffnung zu überleben bestand darin davonzuhuschen, bevor ihr Verfolger ihre genaue Position ausmachen konnte.

Ganz und gar darauf konzentriert, sich so geräuschlos wie möglich zurückzuziehen, erstarrte Ashe, als ein tiefes, wütendes Brüllen die Luft zerschnitt.

Es war ein Brüllen aus vollem Hals, auf das sich verängstigtes Schweigen über die Umgebung legte.

Ein tödliches Raubtier auf der Jagd.

Ashe wagte kaum zu atmen, während sie lauschte. Direkt hinter dem Gebüsch hörte sie einen gemurmelten Fluch und ein Rascheln, gefolgt vom unverwechselbaren Klicken eines Gewehrs. Entweder war das ein anderer als der irre Robin Hood, der mit Pfeilen auf sie geschossen hatte, oder dieser war zu dem Schluss gekommen, dass gegen die nahende Bedrohung nun schweres Geschütz aufgefahren werden musste.

Buchstäblich.

Doch noch während sie sich auf den ohrenbetäubenden Knall des Schusses gefasst machte, erklang ein weiteres Brüllen und dann ein markerschütternder Schrei, der sie garantiert noch nächtelang in ihren Träumen verfolgen würde.

Ashe war kaum bewusst, dass sie sich bewegte, als sie sich aufrichtete, um über den Rand des Gebüschs zu spähen. Ihr Antrieb war nicht der Wunsch zu sehen, was geschah. Keineswegs. Sie hatte den schrecklichen Verdacht, dass es abscheulich war. Aber sie musste sichergehen, dass ihr Verfolger zu sehr damit beschäftigt war, sich gegen das rasende Tier zur Wehr zu setzen, um ihre Flucht zu bemerken.

Sie hätte sich keine Sorgen zu machen brauchen.

Der Mann, der hinter dem Gebüsch gestanden hatte, würde keine Pfeile mehr abschießen, weder auf Ashe noch auf sonst jemanden.

Wie gelähmt stand sie da, während ihr Blick über den Mann glitt, der jetzt ausgestreckt am Boden lag. Seine Kehle war herausgerissen, sein Gesicht zerfleischt. Mit toten Augen starrte er ausdruckslos in den sternenübersäten Himmel. Er hatte die Arme weit von sich gestreckt, in der einen Hand hielt er ein Gewehr und in der anderen seinen Bogen.

Ashe presste sich die Hand vor den Mund und musste würgen, ihr Magen drohte, gegen diesen grausigen Anblick zu rebellieren.

Noch nie zuvor hatte sie eine Leiche gesehen.

Und schon gar keine, die von einem wilden Tier zerfleischt worden war.

Sie wurde aus ihrer erschütterten Fassungslosigkeit gerissen, als sich eine geschmeidige Gestalt aus den Schatten löste und verblüffend lautlos auf sie zukam.

»Nein«, hauchte sie, als sie mit atemlosem Staunen den riesigen Puma erblickte.

Das dichte Fell in der Farbe von Karamell glänzte im Mondlicht. In seinem breiten Kopf mit den kleinen runden Ohren saßen große goldene Augen, die sie mit nervenaufreibender Intensität beobachteten.

Der Körper bestand aus nichts als gemeißelten Muskeln, langen Beinen und einem Schwanz mit schwarzer Spitze.

Zu jedem anderen Zeitpunkt wäre das Tier für sie ein wunderschöner Anblick gewesen.

Tödlich, gewiss, und respekteinflößend ... aber wunderschön.

Jetzt allerdings machte ihr der Anblick dieses tödlichen Raubtiers, dessen jüngstes Todesopfer zerfleischt zwischen ihnen auf dem Boden lag, nur noch mehr Angst.

Sie streckte abwehrend die Hand aus. Als ob das helfen würde.

»Bleib weg.«

»Ashe?« Als sie jemanden ihren Namen rufen hörte, schrak sie zusammen, drehte sich um und sah Bayon hinter dem großen Puma auftauchen. Er blieb abrupt stehen, als das Tier zu ihm herumwirbelte und ihn warnend anfauchte. »Heilige Scheiße.« Den Blick fest auf Ashe gerichtet, schüttelte Bayon heftig den Kopf, als sie einen Schritt auf ihn zu machen wollte. »Nein, beweg dich nicht. Er wird dir nichts tun.«

»Woher weißt du das?«, wollte sie wissen. Ihre Stimme war so angeschlagen wie ihre Nerven. »Ist das dein Haustier?«

»Haustier?« Ein freudloses Lächeln umspielte seine Lippen. »Nein.«

»Wie willst du dann wissen, dass es mir nichts tut?«

»Er versucht, dich zu beschützen.«

Das Herz hämmerte in ihrer Brust, als in den Tiefen

ihres Bewusstseins langsam ein verstörender Verdacht Gestalt annahm.

»Ein wildes Tier versucht, mich zu beschützen?«, versuchte sie zu spotten. »Ja, genau.«

Bayon hielt ihrem skeptischen Blick stand. »Er ist vielleicht wild, aber ein Tier im herkömmlichen Sinne ist er nicht.«

»Hör auf.« Sie richtete ihre Aufmerksamkeit auf den Puma, der sich genau in die Mitte zwischen Ashe und Bayon gestellt hatte. Es war eine Sache, von Menschen zu erfahren, die sich in Pumas verwandeln konnten, aber eine ganz andere, es tatsächlich vor sich zu sehen. »Ich soll dir doch nicht allen Ernstes glauben, dass ... dass dieses Wesen Raphael ist.«

In seinen grünen Augen loderte blanker Zorn. »Es spielt keine Rolle, was du glaubst.«

»Aber ...«

»Wer war dieser Mann?«, unterbrach er ihren Widerspruch.

Sie verzog das Gesicht und richtete den Blick widerstrebend auf den blutigen Leichnam. »Ich habe keine Ahnung. Ich dachte, es wäre ein Freund von euch.«

»Nein.« Ohne Vorwarnung beugte sich Bayon vor und spuckte auf den Toten. »Erzähl mir, was passiert ist.«

Igitt. Definitiv kein Freund.

»Ich ... hatte beschlossen, ins Hotel zurückzugehen.«

Er kniff die Augen zusammen. »Und Raphael hat dich einfach so gehen lassen?«

Sie reckte das Kinn. Arroganter Arsch.

»Ich brauche ihn nicht um Erlaubnis zu bitten.« Sie erwiderte seinen wütenden Blick. »Und dich auch nicht.«

Er versteifte sich, offenbar verblüfften ihn ihre Worte. »Du hast die Türen geöffnet?«

»Natürlich habe ich das. Ich bin ein großes Mädchen.«

Er musterte sie mit verstörender Genauigkeit. »Die Schlösser sind extra so konstruiert, dass sie nur auf Pantera reagieren. Bei dir hätten sie sich nie öffnen dürfen.«

Stirnrunzelnd erinnerte sie sich daran, wie sie darüber gestaunt hatte, dass ihre Flucht so einfach gewesen war.

War es möglich …?

Nein.

Gott. Sie war so müde, dass sie nicht mehr klar denken konnte.

»Dann waren sie wohl nicht verschlossen«, sagte sie. Ihr Tonfall verriet, dass sie kurz davor war durchzudrehen.

Er zögerte, und es sah aus, als wollte er sie noch weiter unter Druck setzen, doch als er ihren panischen Blick auffing, winkte er schließlich ungeduldig ab.

»Was ist dann passiert?«

»Ich habe versucht, zum Hotel zurückzukommen, ohne dass jeder merkt, dass ich nur mit einem Laken bekleidet durch die Stadt spaziere, als dieser …«, sie deutete mit einer Hand auf die Leiche, »... Irre anfing, mit Pfeilen auf mich zu schießen.« Sie schüttelte den Kopf. »Ich meine, wer benutzt schon Pfeil und Bogen, wenn er ein Gewehr hat?«

»Jemand, der töten will, ohne unerwünschte Aufmerksamkeit zu erregen.«

Ihr stockte der Atem. Oh. Ja. Gutes Argument.

Sie zitterte, als ihr lebhaft bewusst wurde, wie nahe sie dem Tod gewesen war.

»Ich wollte mich gerade davonschleichen, als ich ein Brüllen hörte, und dann hat ...« Ihre Stimme verebbte, als ihr Blick auf den Puma fiel, der sie mit golden glühenden Augen ansah.

»Raphael?«, schlug Bayon hilfsbereit vor. Der Blick des Mannes ruhte ebenfalls fest auf dem großen Tier.

»Er hat ihn angegriffen.«

Bayon schüttelte den Kopf. »Erstaunlich.«

»Erstaunlich?« Sie gab ein ersticktes Geräusch von sich. »Ein Mann ist tot.«

Er hob den Kopf und durchbohrte sie mit einem grimmigen Blick. »Ein Mann, der versucht hat, dich zu töten. Wäre es dir lieber gewesen, Raphael hätte ihn seine Aufgabe zu Ende bringen lassen?«

»Nein.« Die Antwort kam ohne jedes Zögern, wieder lag ihre Hand auf ihrem Bauch. Um ihr Kind zu schützen, hätte sie alles getan.

Dafür hätte sie den Mann sogar selbst getötet.

Sie schauderte und trat ohne nachzudenken einen Schritt auf Bayon zu. Sie vertraute ihm nicht, aber sie sehnte sich verzweifelt nach einem heißen Bad, einem warmen Bett und der Rückkehr zur Normalität.

Augenblicklich wandte sich der Puma um, öffnete das Maul und zeigte seine eindrucksvoll scharfen Zähne.

»Nein«, fuhr Bayon sie an. »Bleib da stehen.«

Entnervt runzelte sie die Stirn. »Wenn das Raphael ist, warum hält er mich dann hier fest?«

»Er hält mich von dir fern.«

»Ich dachte, ihr wärt Freunde?«

»Das sind wir, aber das wilde Tier in ihm ist davon überzeugt, dass du seine Gefährtin bist, und wird daher keinen anderen Mann in deiner Nähe dulden.«

Gefährtin.

Sie presste die Finger an ihre pochenden Schläfen. »O Gott, das darf alles nicht wahr sein.«

»Du hast ja keine Ahnung«, murmelte Bayon.

»Was soll das heißen?«

»Ein Pantera kann sich nur verwandeln, wenn er sich in den Wildlands befindet.«

Ashe starte ihn verwirrt an. Noch immer versuchte ihr Gehirn, diese ganze Verwandlungs-Sache zu begreifen.

»Gehört diese Gemeinde zu den Wildlands?«

»Nein.«

»Dann verstehe ich es nicht.«

»Ich auch nicht.« Etwas Gefährliches schwang in seiner Stimme mit. »Aber ich habe vor, es herauszufinden.«

Den Blick unverwandt fest auf den Puma gerichtet, fing Bayon an, etwas in einer fremden Sprache zu murmeln. Die gespenstischen Worte hallten tief in Ashes Innerem wieder, als würde eine Glocke angeschlagen.

Ashe biss sich auf die Lippe und versuchte die verängstigte Stimme in ihrem Hinterkopf zu ignorieren, die ihr eindringlich riet abzuhauen, solange Bayon abgelenkt war.

Wohin hätte sie gehen sollen?

Es gab keinen Ort, an dem sie sich nicht ständig danach umsehen würde, ob nicht ein Pfeil auf ihren Rücken gerichtet war.

Außerdem konnte sie sich der Wahrheit nicht länger verschließen.

Raphael war einer der legendären Pantera, und alles Leugnen der Welt würde daran nichts ändern.

Und auch nicht an der Möglichkeit, dass das Kind in ihrem Bauch ebenfalls ein solches Geschöpf sein würde.

Wenn sie ihr Kind beschützen wollte, musste sie so viel wie möglich über dieses Volk herausfinden.

Zentimeter für Zentimeter entfernte sie sich von dem leblos am Boden liegenden Mann und beobachtete dabei mit wachsender Faszination, wie Bayon sich auf die Knie sinken ließ, dem wilden Tier fest in die Augen sah und weiterflüsterte.

Sie spürte das atemberaubende Kribbeln elektrischer Spannung auf ihrer Haut, und dann weiteten sich ihre Augen, als sie sah, wie sich um den Puma herum silbriger Nebel bildete, durch den nur schwach zu erahnen war, wie sich die Gliedmaßen verformten und verlängerten und das Fell wie von Zauberhand dahinschmolz.

Fasziniert trat sie einige Schritte näher, unfähig, den Blick abzuwenden.

Es war verrückt. Sie hatte geglaubt, es müsste abstoßend sein mitanzusehen, wie sich ein Tier in einen Mann verwandelte.

Stattdessen war es … eindringlich und bewegend.

Wie viele Menschen konnten von sich behaupten, Magie mit eigenen Augen gesehen zu haben?

Der Nebel löste sich auf und ließ einen bewusstlosen und ziemlich nackten Raphael zurück.

»Oh.« Verstohlen fuhr sie sich mit der Zunge über die Lippen. »Wo ist seine Kleidung?«

»Es war keine natürliche Verwandlung. Wenn ich einen Pantera zwinge, sich aus seiner menschlichen Gestalt in einen Puma zu verwandeln oder umgekehrt, reduziert meine Magie ihn auf seine elementarste Form. Kleidung, Schmuck und manchmal sogar Tattoos gehen bei diesem Prozess verloren.«

Vor Staunen noch immer wie gebannt, sah Ashe zu, wie Bayon seinem Freund einen Arm um die Taille legte und den schlaffen Körper mit schier unglaublicher Kraft über seine Schulter hob.

Er richtete sich auf und warf Ashe einen ungeduldigen Blick zu. »Gehen wir.«

Sie zeigte ihm hinter seinem Rücken den ausgestreckten Mittelfinger, folgte ihm aber gehorsam zurück zum Cougar's Den.

Ihre Entscheidung war gefallen.

Sie würde so lange bei Raphael bleiben, bis sie ganz sicher sein konnte, dass ihr Kind nicht in Gefahr war.

Und dann …

Sie schüttelte den Kopf und zog das Laken ein Stück höher, als sie die Treppe an der Rückseite der Bar hinaufstieg.

Im Augenblick reichte es, von einem Tag zum nächsten zu denken.

Zum Teufel, es reichte, von einer Minute zur nächsten zu denken.

Bayon führte sie wieder durch den Lagerbereich in den geheimen Raum, in dem sie zuvor gewesen war. Dort blieb er jedoch nicht stehen, sondern ging weiter durch eine Tür in der rückwärtigen Wand, die in ein schmales Treppenhaus führte.

Ashe verzog das Gesicht, als sie auf dem Weg ins Obergeschoss ein merkwürdiges Déjà-vu überkam. Und dieses Gefühl verstärkte sich noch, als sie eines der Zimmer betraten, die von dem langen Flur abgingen.

Geistesabwesend näherte sie sich dem Doppelbett, das in der Mitte des Zimmers auf den Bodendielen stand. Sie achtete nicht auf Bayon, der den noch immer bewusstlosen Raphael von seinen Schultern auf die Matratze gleiten ließ.

Das war das Zimmer, in dem sie vor mehr als einem Monat gewesen war.

Ganz sicher.

Dunkel erinnerte sie sich an das handgeschnitzte Kopfteil des Bettes, passend zu dem Schaukelstuhl aus Holz in der Ecke. An die Gemälde von eleganten Plantagenhäusern, die gerahmt an den Wänden hingen. Und natürlich an die Patchwork-Decke auf dem Bett …

Während Ashe noch ihre vagen Erinnerungsfetzen sortierte, spürte sie, dass Bayon auf sie zukam. Die Gefahr aber wurde ihr erst bewusst, als an ihrem Handgelenk etwas Kaltes zuschnappte.

Sie schnappte nach Luft, blickte nach unten und stellte fest, dass sie mit Handschellen an das massive Kopfteil gefesselt war.

So ein Arsch.

»Was zum Teufel soll das?«, knurrte sie und starrte wütend in sein teilnahmsloses Gesicht. »Ich werde nicht wieder weglaufen.«

»Nein, das wirst du nicht.«

Mit diesen Worten ging er zur Tür.

»Warte.« Sie zerrte an dem metallenen Armband, das sie gefangen hielt, doch das brachte ihr nicht mehr ein als eine schmerzhafte Strieme an ihrem Handgelenk. »Mach mich von diesem Ding los.«

Er hielt es nicht einmal für nötig, ihre Bitte zur Kenntnis zu nehmen, sondern verließ das Zimmer und zog die Tür hinter sich zu.

»Mistkerl.«

Ashe verfluchte diesen höllischen Tag, der einfach kein Ende nehmen wollte, und kletterte unbeholfen aufs Bett. Sie war zu erschöpft, um richtig wütend zu werden.

Was nicht hieß, dass sie viel von Vergeben-und-Vergessen gehalten hätte.

Sie würde Bayon ordentlich in die Eier treten, wenn sie ihm das nächste Mal über den Weg lief.

Irgendwie schaffte sie es, das Laken nicht zu verlieren, während sie sich in eine Position brachte, in der ihr die Handschelle nicht in die Haut schnitt. Dann richtete sie ihre Aufmerksamkeit auf Raphael, der lang ausgestreckt auf der Matratze lag.

Wurden sie immer ohnmächtig, wenn sie sich wieder in einen Menschen verwandelten?

Das kam ihr nicht besonders effizient vor.

Oder war er verletzt?

Sie beugte sich zur Seite, um seinen perfekten sonnengebräunten Körper auf der Tagesdecke zu inspizieren.

Ihr Mund wurde trocken, als sie versuchte sich zu konzentrieren, um ihn auf Verletzungen zu untersuchen. Noch nie hatte sie einen Mann mit so fantastischen Proportionen gesehen.

Eine breite Brust, wie gemeißelt. Kraftvolle Schultern. Waschbrettbauch. Lange, muskulöse Beine. Und ein riesiger …

Oh ja. Fantastische Proportionen.

Sie richtete den Blick wieder auf seine Brust, wo ihr das Tattoo eines stilisierten, zum Sprung geduckten Pumas auffiel.

Verschwommen erinnerte sie sich daran, dieses

Tattoo mit der Zunge nachgezeichnet zu haben, als sie zum ersten Mal zusammen in diesem Bett gelegen hatten.

Hatte es eine besondere Bedeutung?

Raphael gab ein leises Geräusch von sich und drehte den Kopf in ihre Richtung. Ohne nachzudenken, streckte sie die Hand aus, um ihm das seidige, goldene Haar aus dem Gesicht zu streichen. Mit den Fingerspitzen fuhr sie die erhabene Kontur seiner Wangenknochen nach, um dann zu seinen üppig geschwungenen Lippen überzugehen.

Sie hatte versucht, gegen dieses Gefühl der Verbindung zwischen ihnen anzukämpfen, das sie von dem Moment an gespürt hatte, als sie in ihrem Hotelzimmer die Augen aufgeschlagen und Raphael bemerkt hatte.

Doch jetzt genoss sie einfach das tröstliche Gefühl, in seiner Nähe zu sein.

Noch nie hatte jemand versucht, sie zu beschützen, weder ihre Mutter noch ihr Versager von Vater.

Es gab ihr das Gefühl … wertgeschätzt zu werden.

Mit diesen unbekannten Gefühlen beschäftigt, war Ashe nicht darauf vorbereitet, als Raphael die Augen aufschlug. In den goldenen Tiefen loderte Panik auf, bevor er sich mit einem Ruck aufrichtete und ihr Gesicht mit beiden Händen umfasste.

»Ashe.«

Ihr blieb kaum Zeit, sich zu wappnen, da bedeckte er ihre Lippen schon mit einem Kuss voll wilder Begierde.

»Raphael«, murmelte sie, als er endlich den Kopf hob und sie wieder atmen konnte.

»Ich dachte, ich hätte dich verloren.« Er bedeckte ihr Gesicht mit verzweifelten Küssen, bevor er sich tiefer beugte und die Lippen auf ihren Bauch legte. »Ich dachte, ich hätte euch beide verloren.«

Die Hitze seiner Lippen brannte sich durch das dünne Laken, und ohne darüber nachzudenken, fuhr Ashe ihm mit den Fingern durch seine Haare, die wie goldener Satin glänzten.

Es war nicht zu übersehen, dass ihn noch immer heftige Angst plagte.

»Wir sind in Sicherheit«, sagte sie und streichelte ihn beruhigend.

»Ashe.« Seine Hände glitten über ihre Schultern, während seine Lippen zärtlich weiter nach oben wanderten. »Ich könnte es nicht ertragen, dich zu verlieren.«

»Raphael, ich …« Was sie auch hatte sagen wollen, es verlor sich in einem Nebel der Lust, als seine Lippen den Saum des Bettlakens erreichten.

»Was?«, flüsterte er.

»Hab ich vergessen.«

Leise lachend ließ er die Hände an ihren Armen hinuntergleiten. Als er die Handschelle berührte, hielt er inne.

Mit einem überraschten Laut hob er den Kopf und fing ihren finsteren Blick auf.

»Was soll das?«

Sie machte ein angewidertes Geräusch. »Dein ätzender Freund hatte Angst, ich könnte wieder versuchen zu fliehen.«

»Aber die Schlösser …« Seine Augen zogen sich zusammen, als ihm mit einiger Verspätung einfiel, dass sie schon einmal entkommen war. »Wie zum Teufel bist du hier rausgekommen?«

Sie verdrehte die Augen. Als ob sie das wüsste.

»Ich bin einfach rausgegangen.« Sie wackelte mit dem Arm und brachte so die Handschelle zum Klirren. »Nimm mir das ab.«

Ein bedächtiges, durchtriebenes Lächeln umspielte seine Lippen. »Ich finde, wir sollten das erst mal so lassen, wie es ist.«

Verräterische Hitze durchflutete ihren Körper. »Sag bitte nicht, dass du pervers bist.«

»Verzweifelt«, korrigierte er sie. Sein Lächeln verblasste, als nackte Begierde in seinen Augen zu schwelen begann. »Ich will in dir sein, *ma chère*«, sagte er unverblümt ehrlich. »Auch der Puma in mir muss wissen, dass ich dich nicht verloren habe. Sag Ja.«

Diese schlichte Bitte ließ Ashe erzittern. Auf merkwürdige Art fand sie es erotisch, zu wissen, wie sehr er sie wollte. Es gab ihr ein Gefühl von Macht, das sie bisher nur selten erlebt hatte.

»Ja.«

Er stieß ein Zischen aus, als hätte ihn ihre bereitwillige Kapitulation überrascht, dann zog er mit einer langsamen Bewegung die Enden des Lakens auseinander.

Die Nachtluft traf auf ihre Haut und nahm ihr den Atem, ihr Herz hämmerte wild, als Raphael sanft ihre kleinen, festen Brüste umfasste.

»Wunderschön«, murmelte er und strich mit den Daumen über ihre harten Brustwarzen.

Ashe wusste, dass sie nicht schön war.

Ihre eigene Mutter hatte über das dichte schwarze Haar und die auffällige Nase geklagt, die Ashe von ihrem Vater geerbt hatte. Außerdem war sie zu mager, ihre Haut zu blass.

Aber unter seinem raubtierhaften Blick fühlte sie sich schön. Raphael knurrte aus tiefster Kehle, als er sie umdrehte, um mit den Lippen über die empfindlichen, fast verheilten Kratzspuren auf ihrem Rücken zu fahren. Jähe Schübe der Lust durchfuhren sie bei seinen Berührungen, aber trotzdem versuchte sie nicht, sich ihm zu entziehen.

In diesem Augenblick brauchte sie ihn genauso sehr wie er sie.

Sie drehte sich wieder zu ihm um und ließ die Hand kühn über seine Brust wandern, erstaunt, wie samtweich und glatt seine Haut war. Er war vollkommen unbehaart. Perfekter, bronzefarbener Samt, der Stahl verhüllte.

Während Ashe genüsslich seinen Körper erkundete, bemerkte sie kaum, wie Raphael sie behutsam auf einen Kissenstapel schob, wobei er sorgsam darauf achtete, dass ihr angeketteter Arm über ihrem Kopf lag. Dann aber beugte er sich über sie und nahm ihre Brustwarze zwischen die Zähne.

Sie stöhnte auf, als seine Zunge mit der empfindlichen Spitze spielte und sie erregte, bis sie sich rastlos unter ihm wand. Guter Gott. Noch nie war sie so schnell so scharf geworden.

Es war, als gäbe es eine direkte Verbindung zwischen seiner Berührung und ihrer Libido.

»Oh ja«, stöhnte sie und bäumte sich auf, als seine Lippen durch das Tal zwischen ihren Brüsten glitten, bevor er zu ihrer zweiten, sehnsüchtig schmerzenden Brustwarze überging.

Ungeduldig fuhr sie mit beiden Händen durch seine Haare. Die satinweichen Strähnen, die über ihre Haut strichen, steigerten ihre Lust noch mehr.

»Gefällt dir das, *ma chère*?«, hauchte er, als seine Hände sanft über ihre Hüften und ihre Schenkel strichen. Sengend heiß war seine Berührung, wie die flüssige Glut, die durch ihre Adern strömte.

Zart zupfte Raphael mit den Zähnen an ihrer Brustwarze, schob eine Hand zwischen ihre Beine und ertastete ihre feuchte Hitze.

Sie schlang die Hände um seinen starken Hals und hielt sich an ihm fest, als ginge es um ihr Leben, während seine Fingerspitzen ihre Klitoris fanden.

Sie stürzte in einen Strudel aus Empfindungen, so intensiv, dass es an Schmerz grenzte.

»Raphael.«

Als er das rohe Verlangen in ihrer Stimme hörte, hob er den Kopf und drückte die Lippen auf ihren Hals, direkt unter dem Kieferknochen.

»Ich bin bei dir, *ma chère*«, beruhigte er sie sanft. »Ich werde immer bei dir sein.«

Zitternd hob sie instinktiv die Hüften an, um sich seinem liebkosenden Finger entgegenzuschieben.

»Ich weiß.«

Er stützte sich auf den Ellbogen und blickte ihr tief in die großen Augen. »Bist du bereit für mich?«

Einen langen Augenblick sah sie einfach nur in sein wunderschönes Gesicht. Das goldene Haar, das ihm über die Schultern fiel, und der gedämpfte Lichtschein auf seinen markanten Zügen ließen ihn ungezähmt wirken.

Wild.

Ihre Lippen öffneten sich. Ihr Atem ging in kurzen, keuchenden Stößen.

»Ja.«

Er küsste sie, wälzte sich zwischen ihre Schenkel und drang mit einem einzigen geschmeidigen Stoß ganz in sie ein. Er erstickte ihren Lustschrei mit seinem Mund, als sie die Hüften von der Matratze hob und mit den Fingernägeln über seinen Rücken kratzte.

Ja. Oh Gott, ja.

Sie hielt sich am Kopfteil des Bettes fest, während er wieder und wieder in sie stieß, immer darauf bedacht, kein Gewicht auf ihren Bauch zu verlagern.

Es war schnell und grob und genau das, was sie brauchte.

Raphael zehrte sie auf, und sie wollte nichts dagegen tun. In diesem einen, unbezahlbar kostbaren

Augenblick wollte sie überwältigt werden. Wollte diesem Mann auf der elementarsten Ebene gehören.

Raphael stieß die Zunge zwischen ihre bereitwilligen Lippen und nahm sie immer härter. Sie klammerte sich an ihn, als sich die Lust in ihr wie zu einem Crescendo aufbaute.

Sie war gefährlich kurz davor.

»Raphael.«

»Ich weiß, *ma chère*«, hauchte er an ihren Lippen, während er noch tiefer in sie drang.

Ihr Atem ging in abgehackten Stößen, die Lust ballte sich zusammen und rauschte auf einen leuchtenden Punkt zu. Er wurde schneller, stieß immer tiefer in sie. Und dann neigte er den Kopf zur Seite und biss in ihre empfindliche Halsbeuge.

Lust und Schmerz erreichten ihren Höhepunkt, ihr ganzer Körper stand unter Spannung. Für einen atemlosen Moment hing sie in der Schwebe, bis das Glücksgefühl mit explosiver Wucht durch ihren Körper schoss und sie im Paradies schwebte.

Benommen vor Staunen blieben sie für einen Augenblick still liegen, dann stöhnte Raphael auf, als er seinen Samen in sie ergoss. Ashe hielt ihn fest an sich gedrückt und kostete diesen Moment vollkommenen Friedens aus.

Schließlich zog sich Raphael behutsam aus ihr zurück, umfasste ihr Gesicht mit beiden Händen und bedeckte ihre geröteten Wangen über und über mit Küssen.

Ashe lag kraftlos da und beobachtete schweigend, wie Raphael den Schlüssel zu ihren Handschellen vom Nachttisch nahm. Nachdem er ihr das stählerne Armband abgenommen hatte, küsste er sanft die rote Strieme, die ihr Handgelenk umgab, bevor er die Decke über sie beide zog.

»Das war …« Bebend atmete sie aus. »… unglaublich.«

Er drückte ihr einen langen Kuss auf die Lippen, ehe er den Kopf ein Stück zurückzog, um sie mit suchendem Blick zu betrachten.

»Warum hast du die Bar verlassen, obwohl ich gesagt habe, du solltest dableiben?«

»Warum?« Mit gerunzelter Stirn begegnete sie seinem vorwurfsvollen Blick, das Gefühl der Befriedigung verflüchtigte sich schnell. Auch wenn sie nach und nach akzeptierte, dass ihr Leben jetzt untrennbar mit dem dieses Mannes verbunden war, hieß das noch lange nicht, dass sie jemals Befehle befolgen würde. »Weil ich es nicht mag, wenn man mich gefangen hält.«

»Ich habe versucht, dich zu beschützen«, knurrte er.

Seine raue, besitzergreifende Art ließ sie die Stirn noch tiefer in Falten legen. Okay, so etwas musste schon im Keim erstickt werden.

Raphael war so dominant, dass er sie einfach niederwalzen würde, wenn sie sich nicht behauptete.

»Schutz, der nicht nötig gewesen wäre, wenn du mich nicht zwischen die Fronten eures Bandenkrieges gebracht hättest.«

Er versteifte sich. Verwirrt legte er die Stirn in Falten. »Bandenkrieg?«

»Dieser Mann hatte es offensichtlich auf mich abgesehen, weil er dachte, ich gehöre zu dir.«

»Wir sind keine Rockerbande. Wir sind Pantera«, sagte er. »Und wir führen ganz bestimmt keinen Krieg.«

»Warum hat dieser Irre dann mit Pfeilen auf mich geschossen?«

Er sah ihr fest in die Augen. »Das weiß ich nicht. Aber sie sind definitiv hinter *dir* her.«

Kälte kroch Ashe den Rücken hinunter. »Das ist lächerlich. Ich wohne hier schon mein Leben lang, ohne dass jemand versucht hätte, mich umzubringen.«

Sacht legte er die Hand auf ihren Bauch. »Aber bis jetzt hattest du das hier nicht.«

Sie betrachtete seinen grimmigen Gesichtsausdruck, und die Kälte breitete sich in ihrem ganzen Körper aus.

»Mein Baby?«

»*Unser* Baby.«

»Aber …« Sie fuhr sich mit der Zunge über die trockenen Lippen. »Niemand weiß von der Schwangerschaft.«

Er hob eine Braue. »Niemand?«

Sie zuckte die Schultern. »Meine Mutter, aber sie hat sicher keinem davon erzählt.«

»Auch nicht, wenn sie getrunken hat?«

Sie zuckte zusammen, denn diese Worte trafen einen wunden Punkt. Wenn ihre Mutter auf einem Barhocker saß, war sie notorisch geschwätzig. Niemandem in der Stadt war es verborgen geblieben, als Ashe ihre erste Periode bekommen hatte oder am Abend ihres Abschlussballs sitzengelassen worden war.

Zum Glück hatten die Leute schon vor langer Zeit aufgehört, den immer wirreren Reden der Frau Beachtung zu schenken.

»Wer hört schon einer Betrunkenen zu?«, murmelte sie.

»Du wärst überrascht.« Etwas in seiner Stimme ließ sie ahnen, dass er nicht wenige Abende damit verbracht hatte, ahnungslose, alkoholisierte Idioten auszuhorchen. »Sonst noch jemand?«

Sie kaute auf ihrer Unterlippe. Sie wusste, dass die Frage wichtig war. »Mein Arzt.«

»Hier im Ort?«

»Ja.«

»Wann warst du bei ihm?«

»Vor zwei Tagen.« Sie verzog den Mund zu einem kläglichen Lächeln. Es schien in einem anderen Leben gewesen zu sein, dass sie die kleine Klinik betreten hatte, weil sie glaubte, sich eine Magen-Darm-Grippe eingefangen zu haben. »Heute Morgen hat er angerufen und mir das Ergebnis mitgeteilt.«

»Genug Zeit, die Information weiterzugeben.«

Sie legte die Stirn in Falten. »An wen?«

Er fasste sie am Kinn, damit sie seinem entschlossenen Blick nicht ausweichen konnte.

»Bis wir das herausgefunden haben, muss ich dich in die Wildlands bringen.«

»In die Wildlands?« Ungläubig schüttelte sie den Kopf. Bis vor ein paar Stunden war dieses Wort für sie nichts weiter als ein Ort aus Mythen und Legenden gewesen. Jetzt wollte er, dass sie die Stadt verließ, um dorthin zu gehen? »Das kann ich nicht.«

»Ashe, es ist der einzige Ort, an dem ihr sicher seid, du und dein Baby.«

»Aber …«

Ihr Protest wurde von einem plötzlichen Hämmern an der Tür übertönt.

6

Raphael spürte, dass es Bayon war, der im Flur stand. Er murmelte einen Fluch, sprang aus dem Bett und lief eilig zur Ankleidekommode.

Aus einer der Schubladen zerrte er einen grauen Jogginganzug und zog sich die Hose an, bevor er Ashe das Oberteil zuwarf.

Es war ihr drei Nummern zu groß, doch es fiel ihr bis auf die Knie und bot somit ein wenig Sittsamkeit.

Bis sie jemanden ins Hotel schicken konnte, um ihren Koffer zu holen, musste das genügen.

Raphael öffnete die Tür und trat zur Seite, um seinen Freund hereinzulassen. Der Puma in ihm beobachtete Bayon mit wachsamem Blick, um sicherzugehen, dass der Mann seiner Gefährtin nicht zu nahe kam.

Da er Raphaels Unbehagen zu spüren schien, hielt sich Bayon die ganze Zeit in der Nähe der Tür auf und ließ Raphael keine Sekunde aus seinen hellgrünen Augen.

»Schön, dass du wieder da bist, *mon ami.*«

Raphael verzog das Gesicht. Dass er sich verwandelt hatte, obwohl er sich nicht in den Wildlands befand, und dann wieder aus seiner Tierform herausgerissen worden war, machte ihm noch immer zu schaffen.

»Ich nehme an, du warst es, der mich in Trance versetzt hat?«

Bayon nickte bedauernd. »Tut mir leid, aber ich musste dich außer Gefecht setzen. Du warst so in Rage, dass ich dich nicht überzeugen konnte, wieder zum Menschen zu werden. Aber du musstest da weg.«

Mit einer Handbewegung wischte Raphael die Entschuldigung fort. Die magischen Worte, die einen Pantera wieder in seine Menschengestalt zwangen, wurden zwar nur selten angewandt, aber er wusste auch, dass das Tier in ihm seinen Freund nie in seine Nähe gelassen hätte.

»Du hast getan, was du tun musstest.«

Die Arme vor der Brust verschränkt, sah Bayon ihn mit grimmiger Miene an. »Die eigentliche Frage ist: Warum musste ich es tun?«

»Wenn ich das wüsste.« Raphaels Erinnerung war von dem Adrenalinstoß vernebelt, der ihn bei der Erkenntnis erfasst hatte, dass Ashe die Sicherheit der Bar verlassen hatte. »Ich bin Ashe gefolgt, und da sah ich den Fremden.« Schwer lastete der Zorn auf seiner Stimme. »Als ich erkannte, dass er Pfeile auf sie abschoss, hat der Puma in mir die Kontrolle übernommen.«

»Hat der Fremde irgendetwas mit dir gemacht?«

Raphael hob eine Braue. »Gemacht?«

»Einen Giftpfeil auf dich geschossen?«, fragte Bayon. »Einen Zauber ausgesprochen? Eine geheime militärische Waffe benutzt, um dich zur Verwandlung zu zwingen?«

Raphael schnaubte über diese idiotischen Fragen. »Es hatte nichts mit dem Fremden zu tun. Ich habe mich verwandelt, sobald ich nahe genug bei Ashe war, um ihre Aura zu spüren.«

Beide Männer sahen die Frau an, die schweigend mitten im Zimmer stand. Sofort hob sie in einer unschuldigen Geste die Hände.

»Hey, seht nicht mich an. Ich habe nichts gemacht.«

»Könnte es das Kind gewesen sein?«, schlug Bayon vor.

Die Stirn in Falten gelegt, rief sich Raphael den genauen Augenblick seiner Verwandlung ins Gedächtnis.

Als er über die dunkle Straße gesprintet war, hatte er gefürchtet, zu spät zu kommen. Und er hatte eine sengende Wut verspürt, weil jemand seiner Gefährtin etwas zuleide tun wollte. Aber seine letzte Erinnerung war der süße Geruch von fruchtbarem Land und weiblicher Magie.

Ashes Geruch.

»Ich bin kein Mediziner oder Philosoph«, sagte er schließlich achselzuckend. »Ich weiß nur eins: Der Puma in mir hat auf den ersten Blick beschlossen, dass diese Frau zu mir gehört, und ich werde nicht zulassen, dass ihr jemand etwas antut.«

»Vielleicht haben die Ältesten eine Idee«, murmelte Bayon. »Wir müssen sie zu uns nach Hause bringen.«

»Genau mein Gedanke.«

»Halt«, protestierte Ashe. »Mein Zuhause ist hier in der Stadt, nicht mitten in den Sümpfen.«

Warnend funkelte Raphael seinen Freund an, als dieser den Mund öffnete, um in seiner üblichen, ungehobelten Art Ashes Gehorsam einzufordern. Dann trat er dicht auf sie zu und strich behutsam über ihre viel zu blasse Wange.

»Ist es wirklich dein Zuhause, *ma chère*, oder ist es nur der Ort, an dem du lebst?«

»Ich …«

»Die Wahrheit.«

Ihre Blicke trafen sich, und ihre dunklen Augen offenbarten das einsame, verletzte Kind, das sein ganzes Leben lang unerwünscht gewesen war.

Bis sie ihn getroffen hatte.

Von jetzt an würde sie nie wieder einsam oder unerwünscht sein.

Er legte eine Hand an ihre Wange und wollte sie gerade davon überzeugen, wie sehr er sie brauchte, als Bayon ein ungeduldiges Geräusch machte.

»Ich unterbreche euch ja nur ungern, aber diese rührende Szene wird leider warten müssen.«

Wütend starrte Raphael seinen Freund an. »Versuchst du absichtlich, mich wütend zu machen?«

»Das steht in meiner Stellenbeschreibung.«

»Sag bloß.«

Mit einem Griff in seine Hosentasche förderte Bayon ein Stück Stoff zutage, in das etwas eingewickelt zu sein schien.

»Hier.«

»Was ist das?«

»Mach es auf.«

Raphael rümpfte die Nase über den beißenden Gestank von verwesendem Fleisch – und noch etwas anderem. Die gleiche *Falschheit*, die er auch bei den Menschen im Hotel gespürt hatte. Widerwillig faltete er den Stoff auseinander und blickte auf ein Stück Haut, das genau fünfzehn mal fünfzehn Zentimeter groß war.

Er stieß ein erschrockenes Zischen aus.

Nicht etwa, weil er ein großes Stück Haut in der Hand hielt. Er war ein Raubtier, das gerade einem Mann die Kehle herausgerissen hatte.

Nein, es war wegen des Brandzeichens, das die Konturen eines Raben mit ausgebreiteten Schwingen vor einem Vollmond zeigte.

»Woher hast du das?«

»Ich bin zurückgegangen, um die Leiche zu entsorgen«, antwortete Bayon. »Das hier war in seinen unteren Rücken eingebrannt.«

Neben ihm stieß Ashe ein entsetztes Keuchen aus. »Oh mein Gott, ist das seine Haut?«

Raphael zuckte zusammen. Wenn er sie doch nur vor dieser dunklen Seite seines Wesens beschützen könnte. Herrgott, auch ohne diese grausame Trophäe in seinen Händen war es schon schlimm genug, dass sie hatte mitansehen müssen, wie er wenige Schritte von ihr entfernt einen Mann zerfleischt hatte.

Leider änderte dieses Brandzeichen alles.

»Das Zeichen der Shakpi«, hauchte er. »Das ist …«

»… unmöglich?« Bayon nahm ihm das Wort aus dem Mund. »Tja, das gilt im Moment für eine ganze Menge.«

Ashe räusperte sich. Mühsam klammerte sie sich an ihren Mut, der in letzter Zeit so schwer auf die Probe gestellt wurde.

»Was ist das Zeichen der Shakpi?«

»Eine alte Legende, die vom Ursprung unseres Volkes erzählt«, erwiderte Bayon, der mit seinem knappen Tonfall das Gespräch beenden wollte.

Natürlich hatte Raphaels störrische Gefährtin nicht vor, sich einschüchtern zu lassen.

»Und?«

Raphael übernahm das Erzählen. »Der Legende zufolge haben die Bayous Zwillinge hervorgebracht«, sagte er. Es war die mündlich überlieferte Geschichte, die jeder Pantera schon im Kleinkindalter lernte. »Opela besaß die Gabe, die Magie dieses Landes zu nutzen, und erschuf schließlich die Pantera. Doch ihre Schwester Shakpi wurde eifersüchtig auf Opelas Liebe zu ihren Kindern und versuchte deshalb ebenfalls, Kinder hervorzubringen, die über die Pantera herrschen sollten. Die Kinder aber missbrauchten die Magie und setzten sie für das Böse ein, sodass Opela keine andere Wahl blieb, als ihre Schwester einzusperren.«

»In den Sümpfen einzusperren?«, fragte Ashe stirnrunzelnd.

Raphael zuckte die Schultern. »Niemand weiß, wohin sie sie gebracht hat.«

Langsam schüttelte sie den Kopf. »Es gibt so viele Geschichten über die Bayous.«

»Aber nur eine, an die unser Volk glaubt.«

»Du glaubst also wirklich, dass die Frau aus der Legende aus ihrem geheimen Gefängnis entkommen ist und jetzt durch die Gegend läuft, um ihren persönlichen Robin Hoods ihr Brandmal aufzudrücken?«

Glaubte er das?

Raphael richtete den Blick wieder auf das Stück Haut mit dem Brandzeichen. Tief in seinen Eingeweiden nistete sich eine primitive Angst ein.

Ein Teil von ihm wollte darüber lachen, als wäre es Altweibergeschwätz. Wie Ashe gesagt hatte, gab es Dutzende Geschichten über die Bayous.

Aber er lachte nicht.

Er war kein Mensch. Er war ein Pantera. Ein magisches Geschöpf.

Und die Tatsache, dass dieses Brandmal zu einer Zeit auftauchte, in der sich sein Volk nicht mehr fortpflanzen konnte – das musste etwas zu bedeuten haben.

»Es ist eine mögliche Erklärung«, murmelte er.

Sie presste die Hand an ihre Schläfe, als bekäme sie pochende Kopfschmerzen. »Offenbar bin ich wirklich in den Kaninchenbau gefallen.«

Raphael stieß ein kurzes, freudloses Lachen aus. Ihm ging es ganz genauso.

Noch vor sechs Wochen war er ein angesehener Diplomat seines Volkes gewesen, der sein Leben vollkommen unter Kontrolle hatte.

Jetzt war er mit einer Menschenfrau verbunden, die ein Kind von ihm erwartete, und war immer mehr davon überzeugt, dass sein Volk von einer alten, bösen Gottheit verfolgt wurde.

Oh ja, und was für ein Kaninchenbau das war.

Er schüttelte den Kopf, um die aufsteigende Panik loszuwerden, und wandte sich wieder an Bayon.

»Das Wichtigste ist, dass Ashe und unser Baby in Sicherheit sind«, stellte er fest.

»Einverstanden«, stimmte sein Freund eilig zu. Dann erstarrten sie beide, als durch das offene Fenster der inzwischen vertraute Geruch hereinwehte. »Raphael.«

»Ich rieche sie«, sagte er mit rauer Stimme.

Bayon zog eine Pistole aus dem Holster an seinem Rücken. In seinen Augen lag ein magisches Glühen.

»Verschwindet von hier, während ich sie ablenke.«

Raphael vergeudete keine Zeit damit, ihm zu widersprechen. Erstens wäre es sinnlos gewesen, Bayon von einem Kampf abhalten zu wollen, und zweitens hatte er die Pflicht, Ashe und das Baby in ihrem Bauch zu beschützen.

Er legte seinem Freund die Hand auf die Schulter. »Wir sehen uns in den Wildlands. Pass auf dich auf.«

»Du auch.« Bayon ließ ein erwartungsvolles Lächeln aufblitzen, dann rannte er quer durchs Zimmer und sprang mit waghalsigem Mut aus dem Fenster.

Raphael kehrte an die Seite seiner Gefährtin zurück und blickte in ihr beängstigend bleiches Gesicht.

In den vergangenen sechs Wochen musste sie durch die Hölle gegangen sein. So etwas sollte niemand erleiden müssen, am allerwenigsten eine schwangere Frau.

Sein Herz zog sich mitfühlend zusammen. Gottverdammt, er musste sie irgendwo in Sicherheit bringen.

»Ashe, vertraust du mir?«, fragte er.

»Ja.«

Als sie so schnell und ohne jedes Zögern bejahte, rückte in seinem Inneren etwas an seinen Platz. Es war ein Gefühl der Erfüllung, als hätten sich zwei einzelne Teile zu einem vollkommenen Ganzen zusammengefügt.

Er hielt gerade lange genug inne, um diese unerwartete Empfindung auszukosten, bevor er sich vorbeugte und Ashe von den Füßen riss.

»Mach keinen Mucks«, flüsterte er dicht an ihrem Ohr.

Er ließ ihr kaum Zeit, die Arme um seinen Hals zu legen, bevor er zur Tür ging, den Gang entlangblickte und die Umgebung mit allen Sinnen nach Feinden absuchte.

Unter ihnen hörte er das Gerangel der Pantera, die sich der überraschenden Bedrohung von außen entgegenstellten. Was bedeutete, dass die Angreifer beschäftigt waren. Zumindest für ein paar Minuten.

Ashe fest an seine Brust gedrückt, rannte Raphael den Flur hinunter und öffnete die Tür zu einem Technikraum. Er verriegelte sie hinter sich, verlagerte dann Ashes kaum spürbares Gewicht so, dass er sie auf einem Arm tragen konnte, und setzte zu einem Sprung nach oben an, wobei er die Falltür zum Dach aufstieß.

Leichtfüßig landete er auf der glatten Oberfläche und legte den Finger an Ashes Lippen, aus denen ein leiser Schrei gedrungen war.

Auf der Straße unter ihnen hörte er Schüsse und Schmerzensschreie, dann stieg der unverkennbare Geruch von Blut zu ihm herauf. Der Puma in ihm fauchte wild, am liebsten hätte er sich ebenfalls in den Kampf gestürzt.

Raphael kämpfte den Instinkt sich zu verwandeln nieder.

Er konnte Ashe nur in Sicherheit bringen, wenn er seine menschliche Gestalt behielt.

Geduckt lief er zur anderen Seite des Dachs, wo er kurz am Rand stehen blieb, um Ashe etwas ins Ohr zu flüstern.

»Halt dich gut fest«, befahl er.

Sie nickte zittrig, die Augen vor Angst geweitet. Er hielt einen Moment inne, um ihre Lippen mit einem Kuss zu streifen, dann sprang er mit einer Kraft, die nur ein Pantera besitzen konnte, vom Dach und landete auf einem nahen Ast.

Er kauerte auf dem Baum, die verängstigte Ashe in einem Arm, während er sich mit dem anderen an einem Ast über sich festhielt. Angespannt lauschte er auf den Kampf, der noch immer auf der Straße wütete.

Kein alarmierter Schrei deutete darauf hin, dass man sie entdeckt hatte.

So weit, so gut.

Vorsichtig schlängelte er sich zwischen den Ästen hindurch und schwang sich mühelos zum nächsten Baum. Ashe rang nach Luft und barg das Gesicht an seinem Hals, als er über einen schmalen Ast balancierte. Er wartete ab, bis er sicher war, dass niemand sie bemerkt hatte, bevor er sich auf diese verstohlene Art weiter bis an den Rand der Sümpfe fortbewegte.

Dort angekommen, blieb ihm keine andere Wahl, als auf den federnden Boden hinabzuspringen.

Sein Volk besaß die Fähigkeit, sich unbemerkt durch die Bäume zu bewegen, aber er würde nicht das Risiko eingehen, seine kostbare Fracht fallen zu lassen.

Nicht jetzt. Niemals.

Während er tiefer in die Sümpfe vordrang, hielt Raphael seine Aufmerksamkeit fest auf die sich stetig wandelnde Landschaft gerichtet. In den Bayous schien der Boden förmlich unter seinen Füßen zu verschwimmen. Es gab keine Straßen, keine befestigten Wege. Selbst die mit Lilien überwucherten Wasserläufe konnten von einem Tag auf den anderen auftauchen oder verschwinden.

Das perfekte Versteck für eine Bestie.

Zum Glück war er selbst die gefährlichste Bestie weit und breit.

Zumindest war er es bis heute Nacht gewesen.

Nur ein leises Summen warnte ihn, bevor er einen schmerzhaften Stich im Nacken spürte.

Scheiße, was war das?

Er setzte Ashe vorsichtig im dichten Unterholz ab, griff sich in den Nacken und zog den lästigen Widerhaken aus seinem Fleisch.

Ein Wurfpfeil?

Stirnrunzelnd betrachtete er die kleine Waffe und fragte sich, warum zum Teufel ein simples Spielzeug einem ausgewachsenen Pantera Schmerzen zufügen konnte.

Dann breitete sich in seinem Körper eine seltsame Kälte aus, die ihn frösteln ließ und, was noch schlimmer war, die Verbindung zu seinem inneren Puma lahmlegte.

»Scheiße«, keuchte er, als er erkannte, dass das Gift in seinem Körper ihm eine Verwandlung unmöglich machte.

»Raphael?« Ashe berührte seinen Arm, ihre Miene war besorgt. »Was ist?«

Er ließ den Wurfpfeil fallen, packte sie an den Schultern und begegnete ihrem besorgten Blick mit grimmiger Entschlossenheit.

»Hör mir zu, *ma chère*. Du musst jetzt rennen, so schnell und so weit wie du kannst.«

»Nein!« Sie schüttelte den Kopf. »Ich lasse dich nicht allein.«

»Ich kann mich nicht verwandeln. Der Puma in mir …« Er stieß ein leises, gereiztes Knurren aus. »Verdammt. Lauf einfach. Ich werde dich schon finden.« Schnell senkte er den Kopf und stahl sich einen Kuss voll wilder Verheißung. »Ich werde dich immer finden.«

Sie legte die Hand an seine Wange, ihre Finger zitterten. »Was ist mit dir?«

»Ich kann auf mich selbst aufpassen«, versicherte er ihr sanft. »Aber du musst unser Kind beschützen. Hast du verstanden?«

Sie biss sich auf die Lippe und nickte widerwillig. »Ja.«

»Vertrau mir.« Mit einem kräftigen Stoß schob er sie in das Gewirr aus Sumpf-Seidenpflanzen, das ihre Spuren leicht verwischen würde. »Geh.«

Raphael wartete noch, bis sie im dichten Blattwerk verschwunden war, ehe er sich auf den Mann konzentrierte, den er in seinem Versteck hinter dem schmalen Stamm eines Tupelobaums bemerkt hatte.

»Komm aus den Schatten und tritt mir gegenüber wie ein Mann, du rückgratloser Feigling«, höhnte er, doch die medikamentöse Barriere, die ihn von seinem inneren Puma trennte, machte ihn ungewohnt nervös.

Zwar konnte er sich nicht verwandeln, solange er sich nicht in den Wildlands befand – naja, jedenfalls bevor Ashe in sein Leben gerauscht war – aber trotzdem stand er mit seinem inneren Tier in ständiger Verbindung.

Dass diese Verbindung nun getrennt war, gab ihm das Gefühl, ihm würde eine Gliedmaße fehlen.

Dafür würde jemand bezahlen.

Mit Blut.

Der Jemand trat hinter dem Baum hervor und entpuppte sich als durchschnittlich großer Mann in Tarnkleidung mit militärisch kurz geschorenen Haaren.

Trotzdem glaubte Raphael keine Sekunde lang, dass der Fremde zu den Streitkräften gehörte.

Er selbst war im Verborgenen um den ganzen Globus gereist, um sich mit den Mächtigen der Welt zu treffen. Die zackigen Bewegungen und die akkurate Haltung eines ausgebildeten Soldaten erkannte er auf den ersten Blick.

Dieser Bauerntölpel war nur ein Schläger, dem man eine Waffe und die Illusion von Macht gegeben hatte.

»Vor einem Tier habe ich keine Angst«, spottete der Mann. Die Selbstsicherheit auf dem quadratischen Gesicht und in seinem wachsamen Blick beruhte auf der irrigen Annahme, er hätte dank der Waffe, die er in den Fingern umklammert hielt, die Oberhand.

»Gut.« Raphael ging auf ihn zu, ein höhnisches Lächeln umspielte seine Lippen. »Dann bringen wir es hinter uns.«

Der Möchtegern-G.I.-Joe blickte stirnrunzelnd an Raphaels Schulter vorbei. »Wo ist die Frau?«

Raphael pirschte sich unaufhaltsam weiter vor, und der Idiot war sich der Gefahr nicht einmal bewusst.

»Warum?«

»Sie muss sterben.«

Raphael blieb stehen. Er spürte Angst in sich aufsteigen.

Es war eine Sache zu vermuten, dass die Fremden hinter Ashe her waren, aber eine ganz andere, es bestätigt zu bekommen.

Gewaltsam kämpfte er gegen den roten Schleier an, der Blut sehen, Fleisch zerfetzen und Knochen brechen wollte.

Er brauchte Antworten, bevor er den Mistkerl in Stücke riss.

»Weil sie mein Kind in sich trägt?«

»Weil sie die Magie in sich trägt.«

»Magie?« Von den unerwarteten Worten verwirrt, zog Raphael die Brauen zusammen. »Welche Magie?«

Die Augen des Mannes verengten sich. Zu spät begriff er, dass er mehr preisgegeben hatte, als beabsichtigt.

»Ich werde sie finden.« Er hob die Waffe. »Aber zuerst befreie ich die Welt von einer Abscheulichkeit.«

Er drückte den Abzug. Im selben Augenblick sprang Raphael los.

Der Mann hätte kein Gegner für ihn sein dürfen.

Doch die Droge, die durch seine Adern strömte, hatte mehr angerichtet, als nur den Puma in ihm in Schlaf zu versetzen. Seine Bewegungen waren ungelenk und träge.

In dem Moment, als die Kugel seine Schulter durchschlug, krachte Raphael gegen den Mistkerl. Schmerz flammte auf, aber Raphael packte den Mann, rammte ihn in den Boden und landete auf ihm.

Er schlug ihm die Waffe aus der Hand und schloss die Finger um seinen dicken Hals.

»Wer hat dich geschickt, um Ashe zu töten?«

Der stechende Geruch der Falschheit wurde intensiver, als der Mann lachte.

»Diese Sache ist größer als du«, brachte er erstickt hervor. In seinen Augen glitzerte der Wahn der wahrhaft Fanatischen. »Sie ist größer als wir alle.«

Raphael packte fester zu, er musste gegen die zunehmende Schwäche ankämpfen, die ihn das Leben kosten konnte.

»Sag mir, wer dich geschickt hat, verdammt!«, brüllte er.

Ohne Vorwarnung riss der Mann den Oberkörper vom Boden hoch und rammte den Kopf mit solcher Wucht gegen Raphaels Stirn, dass dieser Sterne sah.

Raphael schüttelte den Kopf und wurde plötzlich auf den Rücken gerollt. Der Fremde hielt ihn zu Boden gedrückt und griff nach der Waffe, die nur wenige Schritte entfernt lag.

Oh … verflucht.

Raphael wollte antworten, doch das unbekannte Gift in Verbindung mit dem Blutverlust durch die Schusswunde forderte seinen Tribut.

Wenn er den Mann nicht schnell tötete, würde er selbst in einem sumpfigen Grab enden.

Raphael blinzelte kräftig, bis er nicht mehr doppelt sah, und bleckte die Zähne. Er würde dem Mann den Kopf abreißen und ihn an die Alligatoren verfüttern.

Kaum hatte sich dieser befriedigende Gedanke in seinem Kopf geformt, da fing er einen vertrauten Geruch auf, und sein Herz vergaß zu schlagen.

Gottverdammt, er würde diese sture Frau in seinem Haus einsperren und niemals wieder herauslassen.

Er nahm seine schwindenden Kräfte zusammen, um den Arm des Angreifers zu fassen zu kriegen, damit er nicht an die Waffe kam. In diesem Augenblick trat Ashe in sein Blickfeld. Sie hatte die Arme über den Kopf gehoben und hieb dem Fremden einen schweren Knüppel auf den Hinterkopf.

Mit einem ekelerregenden Knirschen brach der Schädel unter dem Schlag, und ein Schleier legte sich über die Augen des Mannes.

Raphael zögerte keinen Augenblick. Er packte den Kopf des Mannes und drehte ihn mit einem kräftigen Ruck zur Seite, um ihm das Genick zu brechen. Sofort wich alle Kraft aus seinen Gliedern, und Raphael schleuderte die Leiche beiseite.

Er kam auf die Füße und stieg über den Leichnam hinweg, um seine Gefährtin von oben herab tadelnd anzufunkeln.

»Hatte ich dir nicht gesagt, du solltest weglaufen?«

Sie verdrehte die Augen und warf den Knüppel weg, damit sie einen Arm um Raphaels Taille legen konnte. Erst da fiel ihm auf, dass er schwankte wie ein Betrunkener.

»Du weißt doch, wie gut ich darin bin, Befehle zu befolgen«, erinnerte sie ihn mit einem schiefen Lächeln.

Er streifte ihren Scheitel mit den Lippen und ließ sich von ihr stützen, als sie ihre Reise in die Bayous fortsetzten.

Sobald sie in den Wildlands waren, würde er jemanden zurückschicken, um die Leiche nach einem Brandzeichen abzusuchen.

Aber jetzt musste er Ashe bei seinem Volk in Sicherheit bringen.

»Daran werden wir noch arbeiten müssen«, versicherte er ihr.

Sie legte den Kopf in den Nacken, um sein müdes Lächeln zu erwidern.

»Zusammen.«

»Zusammen«, hauchte er und fragte sich, ob jemals ein Wort so wundervoll geklungen hatte.

Sie stützten sich gegenseitig, während sie durch die Sümpfe stolperten. Mit vereinten Kräften, wie es nur echte Gefährten konnten, schafften sie den Weg.

Als die Sonne gerade über den Horizont kletterte, erreichten sie die Wildlands, und Raphael war nicht im Mindesten überrascht, dass ein Puma auf sie zutrottete, um sie zu begrüßen.

Er war so dunkel wie die Schatten und betrachtete sie mit raubtierhaftem Blick.

Dann verhüllte sich das Tier unter lautem Brüllen mit silbrigem Nebel und verwandelte sich in einen großen, grimmig blickenden Krieger.

»Dann ist es also wahr, Raphael. Du kehrst mit einer Gefährtin und einem Kind zurück«, sagte der Anführer der Jäger gedehnt und mit einem spöttischen Lächeln. »Ich weiß nicht, ob ich dir gratulieren oder dich in eine Gummizelle stecken soll.«

»Leck mich, Parish. Dir auch einen schönen Tag.«

Lachend schritten die Männer in die Wildlands und wurden von der Magie umfangen, während hoch über ihnen ein Rabe wütend schrie.

ZWEITES BUCH

Parish

von

Laura Wright

1

Sich windend und mit Fruchtwasser bedeckt, kam das Baby zur Welt. Dr. Julia Cabot konnte das stolze und erleichterte Lächeln nicht unterdrücken, das sich auf ihrem verschwitzten Gesicht ausbreitete, als sie das Kind in den Armen wiegte und es dann seiner erschöpften Mutter auf den Bauch legte. Annette, eine der drei assistierenden Krankenschwestern, deckte es schnell zu und machte ihm dann Nase und Mund mit einem Sekretsauger frei. Binnen Sekunden brach ein kräftiger Schrei aus dem Baby hervor, und das ersehnte Geräusch hallte von den Wänden wider und entlockte dem Vater und der Tante des Babys ein Duett von Seufzern.

Einundzwanzig Stunden starke Wehen. Diese Frau ist ein verdammter Rockstar. Julia warf einen Blick auf die Uhr. »21:51 Uhr.«

»Hab ich«, sagte Annette und kritzelte etwas auf das Kurvenblatt. »Soll ich ihn jetzt vermessen?«

»Am besten direkt auf der Brust seiner Mutter.« Julia machte sich wieder an ihre Arbeit; eine andere Schwester assistierte ihr beim Entbinden der Plazenta. »Also, Mrs. Dubroux, haben Sie einen Namen für Ihren wunderhübschen Sohn?«

»Garth.« Die Frau riss den Blick von ihrem kleinen

Liebling los und sah ihren Mann an. »Garth Allan Dubroux, genau wie sein Daddy.«

Der Mann strahlte.

»Alles in bester Ordnung!«, verkündete Annette schließlich und notierte sich den Namen des Jungen auf dem Kurvenblatt.

»Sehr schön, da haben sie einen kräftigen Jungen.« Julia zog ihre Handschuhe aus und ließ die Schwester das Säubern übernehmen. Sie ging um das Bett herum und betrachtete das kostbare neue Familienmitglied. »Willkommen auf der Erde, Garth.«

Während das Baby auf ihrer Brust umhertastete, sah Mrs. Dubroux lächelnd zu Julia auf, Tränen glitzerten in ihren Augen. »Danke. Vielen, vielen Dank.«

»Sie sind ein Geschenk des Himmels, Dr. Cabot«, fügte Mr. Dubroux hinzu und nahm seine Frau fester in den Arm. »Wenn Sie nicht gewesen wären, läge Marilyn jetzt im OP.«

»Es war mir ein Vergnügen.« Julia versuchte, die Welle von Emotionen und Trauer zu unterdrücken, die sie erfasste, weil ihre Karriere im *New Orleans General* mit diesem wundervollen Ereignis zu Ende ging. »Wenn nötig, wird eine Schwester Ihnen beim Stillen helfen, und Dr. Salander wird bald hier sein und nach Ihnen beiden sehen.« Ein letztes Mal lächelte sie ihnen zu. »Herzlichen Glückwunsch und alles Gute.«

»Gute Arbeit, Julia«, sagte Annette, als sie das Zimmer verließen. »Ich habe noch nie gesehen, dass jemand ein Baby so gedreht hat. Du hast eine Gabe.«

Julia ging zum Schwesterntresen. Sie musste einiges an Papierkram erledigen, bevor für heute Schluss war. Bevor Schluss war, Punkt. Sie wollte nicht unhöflich sein, aber jetzt über ihre Arbeit zu sprechen, war … naja, es war zu schmerzhaft. Sie würde dieses Haus mit seiner Belegschaft und den Patienten vermissen.

Annette schob sich neben sie und schnalzte mit der Zunge, während sie zusah, wie Julia etwas auf Marilyn Dubroux' Kurvenblatt notierte. »Es ist eine verfluchte Schande. Die beste Kinderärztin, die dieses Krankenhaus je gesehen hat.«

Die Worte trafen etwas in Julias Herz. Sie war gut in ihrem Job, weil sie ihn so ernst nahm. Weil sie sich wirklich um jede junge Familie sorgte, die ins Krankenhaus kam. Die ersten Augenblicke, die sie zusammen erlebten, sollten etwas Besonderes sein, denn später, wenn sie wieder zu Hause waren, war manchmal alles anders.

»Möchtest du heute Nacht bei mir bleiben, Süße?«

Julia drehte sich um und sah die Schwester an. Mit ihrer Bienenkorbfrisur aus ergrauendem, braunem Haar und ihren warmen, schokobraunen Augen war Annette Monty so gut wie unwiderstehlich. Sie hatte diesen mütterlichen Charme älterer Frauen, dem jemand, der seine eigene Mutter in jungen Jahren verloren hatte, nur schwer widerstehen konnte. Aber es war nicht klug, eine Freundschaft zu fördern, die schon in wenigen Tagen enden würde.

»Danke, Annette«, sagte Julia und lächelte die Frau sanft an. »Aber ich habe ein Hotelzimmer.«

»Bezahlt er das?«

Julia wand sich, als sie den säuerlichen Ton in Annettes Stimme hörte. »Nein.«

»Dreckskerl.«

Julia kniff die Lippen zusammen und wandte sich wieder ihren Kurvenblättern zu.

»Die mieseste Sorte Arschloch«, fuhr Annette fort.

Ja. Und was war sie für eine Idiotin gewesen zu glauben, sie würde ihn lieben.

»Ich wünschte, er wäre nicht mein Chef.« Gereizt rümpfte die Krankenschwester die Nase. »Wenn ich diesen Job nicht bräuchte, würde ich wohl einfach in sein neues Büro marschieren und …«

Das veranlasste Julia, abermals das Kinn zu heben. Sie betrachtete die Frau ernst. »Denk nicht einmal daran. Du hast drei Teenager zu Hause, und Dell erholt sich immer noch von seiner Knieoperation.«

Die aufgebrachten braunen Augen wurden sanfter. »Du bist ein anständiges, liebenswertes Mädchen, Julia Cabot. Dafür, dass er dich so verletzt hat, sollte dieser Mann am nächsten Laternenpfahl aufgeknüpft werden – und keine gottverdammte Beförderung kriegen.«

Leiter der Kinderchirurgie. Es war faszinierend, wie manche Menschen für schlechtes Benehmen belohnt wurden. Dr. Gary Share: wahnsinnig talentierter Arzt, entsetzlich enttäuschender Mann.

Annette hatte nicht vor, das Thema fallen zu lassen. Kaum lauter als ein Flüstern, zischte sie: »Bringt dich den ganzen weiten Weg von Kalifornien hierher, verspricht dir ein Haus und eine Familie, und dann«, sie senkte die Stimme zu einem Flüstern, »nimmt er diese Schlampe mit in euer Bett.«

In Julias Kopf blitzte eine Momentaufnahme auf, die gleiche, die sie seit einer Woche schon Tag und Nacht vor sich sah: Sie hatte Mittagspause und kam nach Hause, um Gary, der die ganze Nacht bei einer OP gewesen war, eine warme Mahlzeit zu bringen. Schon beim Betreten des Hauses hörte sie es – hörte sie *sie* – und trotzdem konnte sie sich nicht bremsen. Mit hämmerndem Herzen, das Essen in zitternden Händen umklammernd, lief sie die Stufen hinauf in das Schlafzimmer, das sie mit Gary teilte.

Es ist eine surreale Erfahrung, wenn man den Menschen, der einem auf der Welt am meisten bedeutet und dem man am meisten vertraut, breitbeinig auf dem Rücken liegen sieht, auf ihm eine Krankenschwester aus der Notaufnahme. Aber es ist noch etwas ganz anderes, wenn er nicht einmal aufhört, einfach weitermacht und noch nicht mal den Anstand hat, entsetzt auszusehen, während er atemlos fragt: »Was machst du hier, Julia? Du solltest doch im Krankenhaus sein.«

»Bleibst du hier in New Orleans, oder gehst du zurück nach L. A.?«

Annettes Frage riss Julia aus der erbarmungslosen Vision; sie räusperte sich. »Ich habe noch nicht entschieden, wohin ich gehe.«

Oder wann ich gehe.

Es war ein bisschen jämmerlich, das zuzugeben. Sie hatte vergangene Woche gekündigt, lebte jetzt in einem Hotel und schaffte es einfach nicht, ihren nächsten Schritt zu planen. Wohin sollte sie gehen? Wohin gehörte sie? Ihre Mutter war tot, ihr Vater wusste nichts von ihr, und Geschwister hatte sie nicht. Die wenigen Freunde, die sie im Medizinstudium gefunden hatte, waren über das ganze Land verstreut. Das war für sie der Hauptgrund gewesen, Garys Angebot anzunehmen und mit ihm nach New Orleans zu ziehen. Sicher, sie war in ihn verliebt gewesen und auch in die Vorstellung, dass eine neue Stadt und ein neuer Job auf sie warteten. Aber mehr als alles andere hatte sie eine Chance gewollt, sich ein Leben aufzubauen, Zugehörigkeit – eine Familie.

Glücklicher kleiner Garth.

Sie lächelte in sich hinein, als sie der Schwester die Akten über den Tresen reichte.

»Komm doch mit zu mir, Süße«, sagte Annette und berührte Julia an der Schulter. »Nur für eine Nacht. Wir können Kniffel spielen, uns einen Film ansehen, in dem jede Menge heißer Kerle oben ohne rumlaufen, und diese Kiste Wein vernichten, die in meiner Speisekammer steht.«

Leise lachend schüttelte Julia den Kopf. »Hat dir schon mal jemand gesagt, dass du die süßeste, liebenswerteste und aufdringlichste Frau …« Ihre Worte erstarben, als sie ein Stück den Gang hinunter etwas entdeckte. Das Herz schlug ihr bis zum Hals.

»Allerdings, Süße«, fuhr Annette mit einem tiefen, leisen Lachen fort. »Also, was sagst du? In einer Stunde bin ich hier raus.«

Julia bekam keine Luft mehr. Sie versuchte, normal zu atmen, doch ihre Organe verweigerten die Mitarbeit. Ihre Hände krampften sich zu Fäusten zusammen, ihre Lippen wurden trocken. Er kam durch den Flur auf sie zu. Ganze eins achtzig groß, perfekt geschnittenes, blondes Haar, akkurat gebügelte Hosen und ein kühles, charmantes Lächeln: der Widerling höchstpersönlich.

Gary.

Gott, was war nur mit ihr los? Warum reagierte sie so? Unsicher und verlegen. Er hatte sie beschissen! Er hatte sie aus dem Haus geworfen, das er wohlweislich auf seinen Namen hatte laufen lassen, hatte ihr »nahegelegt«, sich eine neue Stelle zu suchen, und dann seine Gespielin bei sich einziehen lassen, bevor Julia auch nur ein Hotelzimmer gefunden hatte.

»Dreh dich um, Süße, und sieh mich an. Lass dieses flachsblonde Schwein nicht dein Gesicht sehen.«

Annette mochte eine der herrischsten, liebenswertesten Nervensägen der ganzen Gegend sein, aber Julia war noch nie so dankbar gewesen, sie in ihrer Nähe zu haben, wie in diesem Moment.

Im leeren Krankenzimmer kauerte Parish neben der offenen Tür und nahm mit geblähten Nasenflügeln die Witterung seiner Beute auf. Eine köstliche Kombination aus Vanille und weiblichem Schweiß. Ein tiefes Knurren vibrierte in seiner Kehle.

»Was tust du da, Parish?«, zischte Michel hinter ihm. »Du klingst wie ein wildes Tier.«

Wildes Tier? *Ja.* Hungrig. *Immer.*

Sie roch ganz besonders appetitlich.

Während er das Gespräch der Menschenfrau mit ihrer Kollegin beobachtete, regte sich etwas in seinem Körper, und obwohl Pantera sich außerhalb der magischen Grenzen der Wildlands nicht verwandeln konnten, kratzte das Tier in ihm an seiner Schädelbasis. Auch der Puma war von ihr fasziniert.

Zugegeben, er verachtete die Menschen und traute ihnen nichts als Zerstörung zu, aber noch nie hatte er etwas wie sie gewittert, noch nie in seinem Leben so etwas wie sie *gesehen*. Haut, die die Farbe von Sahne hatte, lange, glatte Haare in sonnenhellem Gelb, Augen so hellblau wie der Himmel über den Bayous, unter dem er jeden Morgen erwachte, und ein Lächeln, das ebenso lieblich wie traurig war. Sie war nicht sehr groß. Mit den kleinen Absätzen ihrer sexy schwarzen Schuhe reichte sie ihm vielleicht bis zur Schulter, aber das gefiel ihm. Leicht hätte er ihre Taille mit den Händen umspannen können, wenn er sie hochhob, sie fest an sich drückte und mit sich in die Wildlands nahm.

Wieder entkam seiner Kehle ein Knurren, seine Atmung veränderte sich. Neben ihm fluchte Michel. Der Anzugträger war einer der vielen Spione, die außerhalb der Wildlands für die Pantera arbeiteten, und er war Parishs Kontaktmann in New Orleans. Die politische Fraktion der Pantera war in ständiger Alarmbereitschaft und musste stets über mögliche Bedrohungen für ihre Spezies informiert sein, die Einfluss auf die Magie ihres Landes haben konnten, ob sie nun menschlichen oder natürlichen Ursprungs waren.

Bei der Mission an diesem Abend allerdings ging es um etwas noch viel Wichtigeres. Das Wunder, für das die Pantera die letzten fünf Jahrzehnte gebetet hatten, sollte womöglich endlich eintreten, und die Frau mit dem süchtig machenden Duft, dem sonnenhellen Haar und den schwarzen Kitten-Heels war der Schlüssel, dass alles gut ging.

»Parish«, sagte Michel mit mehr Nachdruck, als er den ganzen Abend über gezeigt hatte. »Muss ich dich etwa festhalten?«

Parish grinste breit. *Als ob das möglich wäre.* »Das ist meine Ärztin.«

»Ja, aber du kannst nicht einfach durch den Krankenhausflur preschen und dir nehmen, was du willst.«

Das wirst du schon sehen. Seine Augen verengten sich raubtierhaft zu Schlitzen, und er setzte sich in Bewegung, doch Michel legte ihm eine Hand auf die Schulter, um ihn zurückzuhalten.

Parish schüttelte ihn ab und knurrte, seine Reißzähne vibrierten unter dem Drang hervorzutreten.

»Gottverdammter Jäger.« Der Pantera-Spion schnitt ihm den Weg ab. Der Mann war nicht so groß wie Parish, aber er hatte breite Schultern unter seinem Anzug, und in seinen grünen Augen funkelte die schwere Hitze des Bayou. »So funktioniert das nicht. Wenn wir unser Bündnis mit der menschlichen Staatsgewalt aufrechterhalten und die Identitäten unserer Spione geheim halten wollen, dürfen wir nicht gegen die Regeln und Gesetze verstoßen.«

»Für Jäger gelten keine Gesetze«, fauchte Parish.

Michels Miene verfinsterte sich weiter. »Innerhalb der Wildlands mag das zutreffen. Aber hier sind wir in der Menschenwelt.«

Parish war es egal, wo sie waren. »Raphael will eine Ärztin für seine schwangere Gefährtin. Sie soll helfen, das erste Pantera-Kind seit Jahrzehnten zur Welt zu bringen.« Wieder schwenkte sein Blick zu der blonden Frau, die sich gerade bückte, um den Stift ihrer Kollegin vom Boden aufzuheben. Mit einem leisen Knurren betrachtete er die Frau, seinen Auftrag. Er hatte den Verdacht, dass sie sehr ansprechend aussehen würde, vor ihm, auf allen vieren.

»Ich halte das für einen Fehler«, bemerkte Michel trocken. »Vielleicht hätten sie jemanden aus der Versorger-Fraktion schicken sollen …«

Parish richtete seinen Blick wieder auf den Mann, der vor ihm stand. »Zu spät. Ich hole sie mir.«

Michel fluchte. »Das hier ist kein Supermarkt, und sie ist keine Ware.«

»Ich will sie nicht kaufen, Michel, ich werde sie mir holen.«

Während er das sagte, war Parish selbst von dem besitzergreifenden Schnurren überrascht, das in seiner Stimme mitschwang. Noch nie hatte er ein so plötzliches und intensives Begehren nach einer Frau verspürt. Ganz sicher würde sie Angst vor ihm haben, wenn er sich ihr näherte. Das hatten die meisten Frauen. Er, der unablässig auf der Jagd war, besaß nicht die Sanftheit oder die selbstverständlichen Manieren vieler anderer Pantera-Männer. Aber er würde versuchen, sanft zu ihr zu sein.

Der Mann schüttelte den Kopf und seufzte. »Ich begreife nicht, warum Raphael ausgerechnet dich geschickt hat.«

»Nein?« Eigentlich wäre es eine Aufgabe für ihn und seinen Stellvertreter Bayon gewesen, doch der andere Mann war bei seiner Ankunft in New Orleans zu einem Notfall gerufen worden. So wie er Bayon kannte, hatte dieser Notfall wahrscheinlich große Brüste, einen saftigen Hintern und den Vormittag frei. »Ich bin der Anführer der Jäger, und Raphaels Gefährtin trägt unsere Zukunft in ihrem Schoß.« Sarkastisch hob er eine dunkle Augenbraue. »Schicke nie einen Anzugträger oder einen Versorger, um die Arbeit eines Jägers zu machen.«

Michel wurde rot und bleckte die Zähne.

»Du hast deinen Teil erledigt. Geh wieder an die Arbeit.« Parish schob sich an dem Mann vorbei, wobei sich seine Nase abermals mit dem Duft der Frau füllte.

»Tu ihr nicht weh.«

Parish sah sich nicht einmal um, doch seine Lippen verzogen sich zu einem freudlosen Lächeln, als die Frau den Schwesterntresen verließ und auf die Aufzüge zuhielt. »Sie wird in guten Händen sein.«

2

Das French Quarter, das Nervenzentrum der Innenstadt von New Orleans, war brechend voll, und trotzdem wusste Julia von dem Moment an, als sie die Gravier Street betrat, dass sie verfolgt wurde. Nachdem sie in Los Angeles gelebt, immer bis spätabends gearbeitet und alles mit dem Bus oder zu Fuß erledigt hatte, waren ihre Instinkte erprobt, bewährt und aufs Äußerste geschärft. Schon Sekunden nachdem sie aus dem Krankenhaus gekommen war, hatte sie etwas gespürt. Jemanden, der mit ihr Schritt hielt. Doch sie war nicht stehen geblieben oder hatte sich umgedreht. Das war ein Amateurfehler. Einer, der leicht zu Verletzungen oder zum Tod führen konnte.

Lass den Bösewicht nie wissen, dass du ihn bemerkt hast.

Die Worte ihrer Mutter waren damals, als sie noch mit ihr kommunizieren konnte, auf die Ohren eines besserwisserischen Teenagers gestoßen. Doch eines Abends nach einem späten Seminar hatte sich Julia der Klinge eines Springmessers gegenübergesehen. Die Lektion hatte sie einen Laptop, medizinische Lehrbücher, ihren Ausweis, Kreditkarten, Bargeld und etwa eine Woche Schlaf gekostet. Von diesem Tag an hatte sie die Warnung ihrer Mutter unverändert im Kopf.

Lass den Bösewicht nie wissen, dass du ihn bemerkt hast, bis du ihn entweder direkt in die Arme eines Polizisten laufen lassen kannst, eine klare und realistische Möglichkeit siehst, ihn abzuschütteln, oder du ihn in eine Menschenmenge lotsen kannst, um dort einen riesigen, gottverdammten Aufstand zu machen.

Die kleinen Härchen in Julias Nacken kribbelten. Sie beschleunigte ihre Schritte und steuerte direkt auf das Zentrum der Trinkwütigen vor der Nola-Bar zu.

Nur noch ein paar Blocks bis zum Hotel.

Während ihr die warme Luft Klänge von Cool Jazz und die Gerüche von Körperausdünstungen, gegrillten Langusten und abgestandenem Bier entgegentrug, suchte sie die riesige Menschenmenge mit den Augen nach einem Polizisten ab, wurde aber nicht fündig.

Was will er von mir, fragte sie sich. Die Geräusche der ausgelassenen Feiernden hüllten sie ein, ließen ihren Adrenalinpegel ansteigen und schärften ihre Sinne. Wusste er nicht, dass sie nichts hatte?

Scheiße, sogar weniger als nichts?

Wusste er nicht, dass sie diese Woche schon einmal beraubt worden war? Eines Lebens, einer Zukunft, eines Versprechens?

Der Lärm wurde lauter, die Menge dichter. Anstelle von Angst regte sich Wut in ihr. Wut, die in ihrer Brust geschwelt und sie erdrückt hatte, die sehnsüchtig darauf gewartet hatte, ein Ventil zu finden. Vielleicht war jetzt die Zeit.

Der *Bösewicht.*

In diesem Moment streifte eine Hand ihre Taille. Ihr Puls schnellte in die Höhe, ihre Instinkte befeuerten ihren bereits heiß gelaufenen Zorn. Urplötzlich blieb sie stehen, fuhr herum und sah dem Schwein ins Gesicht, das es gewagt hatte, sie anzufassen.

Augen in der Farbe von geschmolzenem Gold blickten sie an.

Julia erstarrte an Ort und Stelle, während der Zorn aus ihren Eingeweiden rann wie aus einem angestochenen Ballon. Sie konnte nichts weiter tun, als das Wesen anzustarren, das vor ihr stand. Es war atemberaubend, unglaublich, anders als alles, was sie je zuvor gesehen hatte. Um sie herum schwächte sich der Lärm der Menge zu einem dumpfen Murmeln ab, doch das nahm sie kaum wahr. Langsam wanderte ihr Blick über seinen Körper, registrierte seine raubtierhafte Haltung, die kraftvollen Muskeln und die gebräunte Haut. Er trug gewöhnliche Kleidung; Jeans und ein schwarzes T-Shirt zu abgewetzten Springerstiefeln. Doch er selbst war von »gewöhnlich« weiter entfernt als alles, was sie je gesehen hatte. Weit über eins achtzig groß, mit breiten Schultern und langem, tiefschwarzem Haar, das er im Nacken zusammengebunden hatte. Ein paar Strähnen hatten sich daraus gelöst und fielen auf die Erhebungen seiner scharf geschnittenen Züge. Sein Gesicht war erschreckend attraktiv, glatt und gebräunt, bis auf die beiden verheilten Narben an seinem Mund und seinem rechten Ohr. Bei der Vorstellung, mit dem Zeigefinger über diese kleinen, weißen Linien zu fahren, bohrten sich ihre Fingernägel in ihre Handflächen.

Ein tiefes Knurren erklang, doch Julia konnte nicht ausmachen, woher das Geräusch kam. Sie war zu benommen, und ihre Haut war unangenehm heiß. Erst als der Mann seinen mit schweren Muskeln bepackten Arm um ihre Taille legte und sie an sich zog, tauchte sie aus dem Nebel auf, der sie umfing.

»Es gefällt mir, wie du mich ansiehst.« Seine Stimme war ein tiefes, erotisches Grollen. »Ausnahmsweise bin ich einmal die Beute.«

Seine Worte und sein Atem auf ihrem Gesicht ließen ihre Knie zu Gummi werden. Was zum Teufel ging hier vor? Was war nur los mit ihr, dass sie so reagierte? Sie legte die Hände an seine Brust und stemmte sich mit aller Kraft dagegen, doch er wich nicht zurück.

»Du brauchst keine Angst vor mir zu haben«, sagte er. Für einen Moment löste er den Blick von ihr und sah sich prüfend um. »Ich würde dir nie wehtun.«

Der dunkle, sinnliche Duft des Mannes strömte in Julias Nase. Sie wimmerte. Was war aus ihrem Schneid geworden? Warum schrie sie nicht vor Entsetzen? Wo war diese begehrte Fähigkeit, die sie zu besitzen glaubte und die sie im Angesicht der Gefahr einen klaren Kopf behalten ließ? Von dem Moment an, als seine goldenen Augen, die jetzt mit Blau und Grau gesprenkelt waren, in ihre geblickt und nichts Geringeres gefordert hatten, als dass sie ihm ihre Seele überließ, war sie handlungsunfähig gewesen.

Ihre Gedanken rasten, ihre Füße waren mit dem Boden verwachsen, um sie herum feierte die betrunkene New-Orleans-Meute einfach weiter ihre Party, und anstatt ihm das Knie in die Eier zu rammen und wegzurennen, wollte sie ihm noch näher sein und ihr Gesicht an seine stahlharte Brust schmiegen, die wie eine Wand vor ihr aufragte.

Seine Lippen krümmten sich zu einem sexy Lächeln, und seine kleinen weißen Narben schienen nach ihr zu rufen, als er sprach: »Jetzt verstehe ich Raphaels Verlangen nach seiner Menschenfrau.«

Raphael.

Menschenfrau?

Die Worte schlängelten sich durch Julias Gehirn, zupften an ihrem rationalen Denken und weckten ihre Angst. *Oh Scheiße.* Der Puls hämmerte in ihrem Hals, sie schluckte. Zum ersten Mal, seit sie diesen Mann erblickt hatte, fand sie ihre Stimme wieder.

»Lassen Sie mich los«, flüsterte sie.

Das Gold seiner unglaublichen Augen wurde für einen Augenblick von Schwarz überlagert.

Adrenalin pulsierte in Julia, und sie zog sich von dem Mann zurück. »Lassen Sie mich los«, sagte sie noch einmal, diesmal deutlich fester. Sein Herzschlag war jetzt so laut, dass sie ihn in ihren Ohren hörte. »Ich werde schreien. Ich schreie so verdammt laut, dass sich in einer Sekunde die Bullen auf Sie stürzen.«

Der Mann machte ein enttäuschtes Gesicht. Er sah aus, als wäre er von ihren Worten äußerst betroffen, vielleicht sogar gekränkt. Trotzdem ließ er sie nicht los. »Es gibt keinen Grund, Angst zu haben, Dr. Cabot.«

Alles in Julia wurde kalt vor Angst. *Er weiß, wer ich bin. Woher weiß er, wer ich bin?*

Sie wehrte sich. Auf ihrer Haut kribbelte Panik. »Warum verfolgen Sie mich? Was wollen Sie von mir?«

»Ich wurde geschickt, um dich zu suchen.«

Geschickt? »Von wem?«, wollte sie wissen, während sie versuchte, einen Arm oder ein Knie freizubekommen, oder irgendetwas, womit sie sich wehren konnte.

»Du musst dich beruhigen«, drängte er sie sanft. Sein Arm schloss sich fester um ihre Taille, als er sich – noch einmal – umsah, den Blick an einigen Gebäuden hinauf und dann in die Menge lenkte. »Dein Herz schlägt zu schnell.«

Wer sollte jemanden nach ihr suchen lassen? Sie kannte niemanden außerhalb des Krankenhauses. Familie hatte sie keine, und …

Sie hörte auf, sich zu wehren, und starrte zu ihm hinauf. Ihr Mund wurde trocken. »Steckt Gary dahinter?«, fragte sie heiser, als eine Gruppe betrunkener College-Girls an ihnen vorbeitaumelte. *Oh Gott. Dieses Schwein.* Er hatte gesagt, er würde sich einen Anwalt nehmen, wenn sie nicht still und leise verschwand – wenn sie versuchte, Ansprüche auf das Haus oder irgendetwas darin geltend zu machen. »Sind Sie ein Privatdetektiv oder so etwas? Lässt er mich wirklich verfolgen? Das wäre genauso mies wie unnötig, weil ich nämlich nichts von ihm will.«

»Gary?« Die Nasenflügel des Mannes blähten sich. »Ist das dein Mann?«

»Mein *Mann*?«, wiederholte sie mit einem fast hysterischen Lachen. »Gary *war* mein Freund, bis ich ihn in unserem Bett bis zu den Eiern in einer meiner Krankenschwestern erwischt habe. Oder hat er Ihnen diesen Teil der Geschichte nicht erzählt?«

Dunkle Brauen hoben sich über diesen außergewöhnlichen Augen.

»Sie können dem Trottel sagen, dass es keinen Grund gibt, mich zu verfolgen. Ich will nichts von ihm.« Ihre Stimme brach. *Gottverdammt.* Sie hasste Tränen, denn sie waren nutzlos und ließen Menschen schwach wirken. »Bis auf meine Katze. Ich will meine Katze.«

Der verdammte Kater. Sie vermisste ihn wie verrückt.

Langsam strich eine große Hand ihren Rücken hinauf und blieb besitzergreifend zwischen ihren Schulterblättern liegen. »Du willst nicht zurück zu diesem Gary?«, fragte der Mann mit einem leichten Knurren. »Diesem Mann, der dich betrogen hat?«

»Lieber würde ich meine eigene Hand aufessen.« Sie biss die Zähne zusammen. »Und Sie können ihm sagen, sobald ich aus dem Hotel raus bin und einen festen Wohnsitz habe, werde ich jemanden schicken, der Fangs abholt.«

»Wer ist Fangs?«, fragte er.

»Mein Kater.«

Auf seinem dunklen, wilden Gesicht sah sie ein Lächeln aufflackern. »Die Frau mag Katzen.«

Bevor Julia noch ein Wort sagen konnte, zog der Mann sie enger an seine Brust und rannte mit ihr in die Menge. Er bewegte sich so schnell, dass sie nichts mehr erkennen konnte außer den verschwommenen Lichtern der Stadt und nichts mehr spürte als seine Arme auf ihrem Körper und den Wind auf ihrer Haut, bevor sie ohnmächtig wurde.

»Was zum Teufel hast du dir dabei gedacht?«, rügte Raphael.

Parish, der neben dem Bett auf der Krankenstation auf und ab ging, hob den Blick und ließ seine Eckzähne aufblitzen. Noch so ein Diplomat. »Ich habe getan, was man mir aufgetragen hat.«

»Du solltest mit ihr reden …«

»Ich habe mit ihr geredet«, fuhr Parish dazwischen, während er weiter hin und her lief. Es machte ihm zu schaffen, dass die Frau bewusstlos und bleich unter dem weißen Laken lag. Das hatte er nicht gewollt. Er hatte nicht gewusst, dass ihr der plötzliche Geschwindigkeitsschub, mit dem er sie aus der Menge und in die Wildlands gebracht hatte, das Bewusstsein rauben würde. »Sie hat ihre Arbeit gekündigt und hat keine Familie. Außerdem hat sie sich von diesem Schwein von einem Mann getrennt, das direkt vor ihren Augen mit einer anderen gevögelt hat.« Er knurrte leise, der Puma in ihm war wild darauf, herauszukommen und diesen Menschenmann namens Gary zu jagen. »Typisch Mensch, sich anderweitig umzusehen, obwohl er etwas so Schönes und Vollkommenes in seinem Bett hat.«

»Verflucht, Parish.« Raphaels grüne Augen blitzten vor Zorn. »Persönliche Informationen zu sammeln war nicht dein Auftrag. Du solltest mit ihr über Ashe und das Kind reden. Du solltest ihr unsere Situation und unser Angebot erläutern. Sie einladen hierherzukommen. Stattdessen hast du sie einfach von der Straße weg verschleppt und bewusstlos hierhergebracht.«

»Ich bin Jäger. Ich frage nicht. Wer fragt, gibt der Beute die Gelegenheit, Nein zu sagen.«

Während er das sagte, schwenkte sein Blick zu der Frau im Bett. So sehr er sie als Beute ansehen wollte, als Menschenfrau, als jemanden, der ihm überhaupt nichts bedeutete, hatte irgendetwas in ihm bereits eine Beziehung zu ihr aufgebaut. Sie war die schönste Frau, die er je gesehen hatte. Ihre glatte, helle Haut gefiel ihm, ebenso wie ihre vollen, rosa Lippen. Sie musste wieder aufwachen. Das musste sie einfach. Er wollte noch einmal ihre Stimme hören, ihre Augen vor Wut blitzen sehen und ihre Wärme spüren, wenn er sie an sich drückte.

Mit einem frustrierten Fauchen wandte er sich vom Bett ab.

»Das ist deine Schuld«, rief Raphael Bayon zu. Der riesige blonde Jäger lehnte im Türrahmen und hielt sich aus dem Gespräch heraus. »Sich aus dem Staub zu machen, während sich einer unserer Wildesten allein einen Menschen vornimmt!«

Parish ließ dem Anzugträger gegenüber kurz seinen Puma aufblitzen, dann zog er ihn wieder in sich zurück, um weiter auf und ab zu gehen. Er brauchte frische Luft, musste die Kleidung gegen sein Fell tauschen. Nur für ein paar Stunden. Aber er konnte die Frau nicht allein lassen.

Julia.

Allein ihr Name versetzte seinen Körper in Aufruhr.

»Parish war mit Michel zusammen«, sagte Bayon. »Das Treffen mit der Ärztin und die Unterbreitung des Angebots waren gut geplant. Alles hätte glattgehen müssen.«

Raphael zischte. »Wo zum Teufel warst du?«

»Ich musste mich um etwas kümmern.«

»Das ist keine Antwort, Bayon.«

»Es ist die einzige Antwort, die ich dir geben werde.«

»Um *etwas* kümmern – klingt eher nach *jemandem*, oder?«

Bayons Augen verengten sich. »Bring den Puma in dir unter Kontrolle, bevor ich das tun muss.«

»Du bist abgehauen, um irgendeinem Hintern nachzujagen, statt deinen Anführer zu unterstützen?«, brüllte Raphael.

»Es reicht«, knurrte Parish und trat zwischen die beiden streitenden Gestaltwandler. Er wollte nicht, dass Julia verstört war, wenn sie in einem fremden Zimmer bei einer verbalen Rauferei erwachte. Er wandte sich an Raphael und pirschte sich näher an den dunkelblonden Mann heran. »Du hast den Anführer der Jäger geschickt, um die beste weibliche Kinderärztin in New Orleans zu uns zu bringen.« Er legte den Kopf schief. »Und das habe ich getan.«

Raphaels Nasenflügel blähten sich, er schien um Geduld zu ringen. »Sie ist bewusstlos, Parish.«

Bei diesen Worten zog sich ihm der Magen zusammen. Noch nie zuvor hatte er sich Gedanken über seine leichtfertigen, instinktiven Handlungen gemacht. Noch nie war er so verunsichert gewesen wie jetzt. »Es ist nur vorübergehend. Es geht ihr gut. Puls, Atmung, Vitalzeichen. Das haben unsere Ärzte gesagt.«

»Wenn das rauskommt, wenn einer der Diplomaten davon erfährt …«

»Dann regelst du es. Anzugträger-Angelegenheiten sind deine Sache.«

»Damit hast du recht«, brachte Raphael hervor. »Geh. Du bist hier fertig.« Ruckartig deutete er mit dem Kinn auf Bayon und die Tür. »Ich werde dafür sorgen, dass diese Sache sich nicht zu einem Problem entwickelt.«

Panik loderte in Parish auf, und sein Blick schnellte zum Bett hinüber. »Aber die Frau …«

Der Tonfall des Anzugträgers war kalt und duldete keinen Widerspruch. »Ich werde jemanden damit beauftragen, auf die Ärztin aufzupassen.«

»Nein!« Seine plötzliche Wut und Besitzgier in Bezug auf diese Frau überraschten Parish. Und Raphael ebenfalls, nach seinem Gesichtsausdruck zu urteilen.

»Sie braucht einen Beschützer«, sagte er. »Es gibt viele Pantera wie dich, denen Menschen hier nicht willkommen sind. Sie tolerieren Ashe, weil sie mein Kind in sich trägt und damit die Hoffnung unserer Spezies. Aber vielleicht sind sie nicht der Ansicht, dass wir eine menschliche Ärztin brauchen. Vielleicht sehen sie darin eine Beleidigung. Wenn sie aufwacht, werde ich mit ihr reden und ihr alles erklären, und wenn sie einwilligt hierzubleiben, wird jemand aus der Versorger-Bereitschaft sie …«

Ein Fauchen entrang sich Parishs Kehle.

»… zu ihren Gemächern begleiten und dafür sorgen, dass ihr nichts zustößt.«

Parish trat näher ans Bett, und nahm Raphael in aggressiver, beschützender Haltung die Sicht auf Julia.

»Entspann dich, Parish.« Bayon kam ins Zimmer und trat auf seinen Anführer zu. »Was ist los? Gerät dein Hass auf die Menschen außer Kontrolle? Wir können nicht riskieren, dass sie …«

Parishs Backenzähne mahlten aufeinander. Sie begriffen es nicht. Scheiße, er verstand seinen irrationalen Zorn und das verzweifelte Verlangen ja selbst nicht. Aber eines wusste er, und das war, dass er Julia nicht verlassen konnte.

Er sah auf sie hinab. Die Farbe kehrte in ihr Gesicht zurück, und er entdeckte eine Bewegung hinter ihren blassen Lidern. Hoffnungsvoll weitete sich seine Brust. Sie würde bald erwachen, und das erste Gesicht, das sie sehen würde, wäre seines.

»Ich habe sie gefunden«, sagte er leise. »Ich habe sie hergebracht. Sie gehört mir.«

Hinter ihm fluchte Bayon.

»Wie, sie gehört dir?«, fragte Raphael.

Parish schob seine Hand langsam an die Frau heran, bis er ihren Ellbogen berührte. So irrational und unmöglich das auch war, er wollte Anspruch auf sie erheben, wollte sowohl Raphael als auch Bayon verkünden, dass auf der Straße in New Orleans etwas passiert war, als er diese Frau in seine Arme gezogen und in ihr schönes Gesicht geblickt hatte. Eine Verbindung, ein Begehren, eine Anziehungskraft, von der er sich nie hätte vorstellen können, sie einmal für eine Frau zu empfinden, ganz zu schweigen von einer Menschenfrau. Und bei der Vorstellung, von ihr getrennt zu sein, litt nicht nur er selbst Qualen der Sehnsucht, sondern auch der Puma in ihm.

Doch er unterdrückte den Drang. Er wusste, dass eine solche Aussage verrückt klingen musste. Es war klüger, seinen Anspruch auf sie als Jäger und Beschützer zu erheben.

»Unter meinen Schutz«, korrigierte er sich, während sein Blick über Julias Gesicht wanderte. »Die Ärztin gehört unter meinen Schutz. Sie wird bei mir wohnen, und ich werde für ihre Sicherheit sorgen, solange sie sich um Ashe kümmert.«

Bayon fing an zu lachen, hörte dann jedoch abrupt damit auf, als Parish sich umdrehte und ihn finster ansah.

»Ist das dein Ernst? Sie soll bei dir in den Höhlen wohnen? Eine Menschenfrau?« Der blonde Mann warf Raphael einen Blick zu. »Selbst wenn sie tatsächlich zustimmt, würde sie es keine Minute in diesem nasskalten, unzivilisierten Felsen aushalten. Sie würde vor uns davonlaufen.«

Sie würde nicht weit kommen.

»Ich bin damit einverstanden, dass du sie beschützt, Parish«, sagte Raphael langsam. »Aber das wird an einem Ort mit heißem Wasser und sauberen Laken geschehen.«

In diesem Augenblick wollte Parish nichts lieber, als sie auf den Arm zu nehmen und in seine Höhlen zu bringen, aber er wusste, was in Raphaels Kopf vorging, und wie weit er bei diesem Mann gehen konnte, wenn es um die Etikette ging. Und vielleicht hatte die Ärztin es verdient, ein bisschen verwöhnt zu werden, nach allem, was sie seinetwegen durchmachen musste. Er nickte Raphael zu. »Gut. Ich bringe sie zu Natty.«

»Es ist gut möglich, dass sie Angst vor dir hat. In Gegenwart des Pumas, der ihr das Bewusstsein geraubt und sie entführt hat, wird sie sich kaum erweichen lassen.«

Parish bleckte die Zähne, doch sein Zorn galt mehr sich selbst als dem Anzugträger. »Ich werde nicht grob zu ihr sein, und ich werde ihr keine Angst einjagen.«

Der Mann wirkte nicht überzeugt. »Kannst du das wirklich versprechen? Deine Abneigung gegen Menschen ist legendär. Und auch verständlich.«

»Sie ist anders.«

Sie gehört mir.

»Sie ist etwas Besonderes.« Raphael trat neben ihn ans Bett, und für einen Augenblick entschlüpfte das Gesicht seines Pumas seinem sonst sicher beherrschten Käfig. »Ich kann nicht zulassen, dass diese Sache schiefgeht.«

Parish wusste genau, wie wichtig es war, für sie beide. »Ich gebe dir mein Wort. Sie wird bei mir in Sicherheit sein und sich wohlfühlen.«

Grün-goldene Augen suchten seinen Blick. »Also gut. Wenn die Frau einwilligt, darfst du sie beschützen.«

Der Puma in Parish schnurrte.

3

Langsam kam Julia wieder zu Bewusstsein, ihr Geist noch in einen köstlichen Traum gehüllt. Einen Traum, den sie durchaus nicht gern loslassen wollte.

Sie war in ihrem Bett im Hotel. Es war Nacht, die Fenster waren geöffnet und ließen den Mondschein und den sanften New-Orleans-Wind herein. Unter ihr lag ein Mann mit bronzefarbener Haut und hungrigen, goldenen Katzenaugen. Sein langes, schwarzes Haar fiel ihm auf die breiten Schultern und die Brust, beides war mit Schweißperlen bedeckt. Während sie ihn ritt, knurrte er und packte mit beiden Händen ihre Hüften.

Neben dem Bett stand Gary und beobachtete sie mit erstickter, verwirrter Miene. Blonder, zugeknöpfter Betrüger, Lügner, Mistkerl auf der ganzen Linie, Gary. Immer wieder flüsterte er die Worte: »Du solltest im Krankenhaus sein, Julia«, doch Julia würdigte ihn kaum eines Blickes. Sie war kurz davor, so kurz davor. Der Mann unter ihr, in ihr, der Mann, der knurrte und fauchte, während er sie noch einmal zum Höhepunkt brachte, war alles, was zählte.

»Du gehörst zu mir!«

Julia sackte auf seiner Brust zusammen, sein besitzergreifendes Brüllen hallte in ihren Ohren wider, als sein Samen ihr Innerstes ausfüllte.

»Julia?« Eine Stimme, weiblich und eindringlich, versuchte zu ihr durchzudringen, ihren Traum zu durchbrechen.

»Julia?«, sagte die Stimme wieder. »Ihre Atmung macht mir Sorgen, Raphael. Und ihre Haut ist gerötet.«

Julia spürte etwas Kaltes im Gesicht und schnappte nach Luft. Ihr Körper stand in Flammen und ihre Glieder zitterten, als sie mit flatternden Lidern die Augen aufschlug. Es dauerte ein paar Sekunden, bis sie etwas erkennen konnte, doch als es so weit war, packte sie die Angst. Der Traum war verschwunden, und die Frau, die neben ihr saß – auf etwas, das Julia für ein Krankenhausbett hielt – war eine vollkommen Fremde.

»Ich bin Ashe.« Lange schwarze Haare umrahmten ein schönes, sorgenvolles Gesicht. »Bitte, hab keine Angst.«

»Was geht hier vor?«, wollte Julia wissen. Sie versuchte sich aufzusetzen, scheiterte jedoch sofort. »War ich ohnmächtig?«

Die Frau sah hinter Julia, die ihrem Blick folgte. Einige Schritte entfernt stand ein Mann. Er war groß und imposant und erinnerte sie an jemanden, aber sie wusste nicht, an wen.

»Die Wirkung wird nachlassen«, sagte Ashe, als ihr Blick zu Julia zurückkehrte. »Es dauert nur etwas.«

Die Wirkung? Wirkung wovon?

Ihr Herz begann zu hämmern.

»Kannst du dich an irgendetwas erinnern?«, fragte Ashe sanft. »Wo du warst, bevor du ... Mit wem du zusammen warst?«

Julia umklammerte das Laken, mit dem sie zugedeckt war. Erinnerte sie sich? Gott, sie hasste dieses Gefühl. Ihr Kopf fühlte sich leer an. Verdammt unscharf, leer. »Ich war im Krankenhaus«, sagte sie, während sie sich bemühte, in dem weißen Rauschen in ihrem Hirn etwas zu erkennen. »Ich habe ein Baby auf die Welt geholt. Garth. Es war eine wirklich schwere Geburt, aber alles ist gut gegangen.« Sie blinzelte. »Es war mein letzter Tag dort, und ich war auf dem Rückweg zu meinem Hotel. Ich lief gerade die Gravier hinunter, als ich dachte, jemand würde mich ...«

Sie riss den Kopf hoch, ihr Blick traf auf Ashes. »Oh mein Gott. Der Kerl ...«

Die Frau rückte näher an sie heran, tiefe Besorgnis lag in ihrem Blick. »Bitte, du musst ruhig bleiben.«

Scheiße. Das Herz schlug ihr jetzt schmerzhaft gegen die Rippen. Ruhe war das Letzte, was sie empfand. »Hast du den Mann gesehen? Den, der mich verfolgt hat? Hat er mich hergebracht? Er hat lange schwarze Haare und goldene Augen ...« Ihr Kopf begann zu dröhnen, und sie zuckte zusammen. »Das klingt unmöglich, ich weiß. Wurde ich betäubt?«

»Nein.« Die Frau fluchte und blickte abermals über Julias Schulter. »Hör mal, ich werde es dir erklären. Alles. Aber erst musst du mir versprechen, dass du nicht ausflippen wirst, bevor ich fertig bin.«

Wie konnte sie das versprechen? Wie konnte sie einer Fremden überhaupt irgendetwas versprechen? Womöglich kannte sie den Mann, der sie entführt und hierher verschleppt hatte. Doch ihr verzweifelter Wunsch, die Wahrheit zu erfahren, irgendwelche Informationen zu bekommen, ließ sie einwilligen. »Okay.«

»Hast du je von den Pantera gehört?«

Die Stirn in Falten gelegt, kämpfte Julia gegen den Nebel an, der ihr Denken erdrücken wollte. »Nein.«

»Das ist eine Gruppe von … Personen, die in den Tiefen der Bayous leben«, erklärte Ashe mit unbehaglicher Miene. »Man sagt, sie hätten magische Kräfte und die Fähigkeit, ihre Gestalt zu verwandeln.«

Julias Kopf hämmerte immer noch und wetteiferte mit ihrem Herzen um das höhere Dezibel-Level. Vielleicht träumte sie noch. Vielleicht war sie in Wirklichkeit in ihrem Hotelzimmer. »Ich weiß nicht«, brachte sie hervor. Ihr Mund war unangenehm trocken. »Möglicherweise habe ich mal so eine verrückte Legende über Katzenmenschen oder so was gehört. Aber was hat das mit mir zu tun? Mit diesem Mann, der mir gefolgt ist? Der mich gepackt hat und …« Ihr wurde eng um die Brust, als sie sich an das Gefühl erinnerte, seinen Körper an ihrem zu spüren. »Das hier ist nicht mein Krankenhaus, oder?«

»*Ma chère*«, rief der Mann an der Tür, den Blick auf Ashe gerichtet. »Vielleicht sollte ich mit ihr reden … ihr erklären, was passiert ist …«

»Nein«, beharrte Ashe, deren besorgter Blick fest auf Julia ruhte. »Sie ist meinetwegen hier. Zu allererst muss sie die Wahrheit erfahren.« Die Frau lächelte Julia schwach an. »Die Pantera, die Katzenmenschen, von denen du gehört hast, sind keine Legende. Sie leben in den Bayous, an einem geheimen, heiligen Ort, den man ›die Wildlands‹ nennt. Sie sind Gestaltwandler.«

Hatte sie sich den Kopf angeschlagen? Hatte der hinreißende Mann sie fallen gelassen? War er überhaupt real? Oder hatte sie ihn sich eingebildet? »Das glaube ich nicht. Nichts davon.« Wieder versuchte sie, sich aufzusetzen, und diesmal hinderte ihr Kopf sie nicht daran und fühlte sich auch nicht mehr an, als würde er gleich explodieren. Gott, sie musste hier raus, zurück dorthin, wo sie wusste, was wirklich war und was nicht.

»Du befindest dich in der Krankenstation der Wildlands«, fuhr Ashe eilig fort. »Man hat dich hierhergebracht. Meinetwegen. Um mir zu helfen.«

Julia drückte sich in ihr Kissen. »Ich bin in der psychiatrischen Abteilung, oder? Hatte ich einen Nervenzusammenbruch wegen diesem Mist mit Gary?« Wieder fluchte sie. »Ich kann ehrlich nicht fassen, dass ich so schwach bin.«

»Du bist nicht schwach«, sagte Ashe und ergriff Julias Hand. »Und sag den Namen dieses Kerls nicht mehr. Er ist es nicht wert, über deine Lippen zu kommen.«

»Du kennst Gary?«, fragte Julia verblüfft. *Was zum Teufel war hier los? Wo war sie da hineingeraten?*

»Parish hat uns von ihm erzählt. Und davon, was er dir angetan hat.« Sie kniff die Augen zusammen. »Klingt, als wäre er ein richtiger Arsch.«

Julia schüttelte den Kopf. »Wer zum Teufel ist Parish?«

Ein tiefes Knurren erklang und hallte im ganzen Raum wieder. Verschreckt kauerte Julia sich zusammen, bereit, sich aus dem Bett zu werfen und einen Fluchtweg zu suchen. Doch die Stimme an der Tür ließ sie erstarren.

»Ich habe dir gesagt, du sollst draußen bleiben, bis ich mit ihr gesprochen habe.« Es war der Mann, der Ashe *»ma chère«* genannt hatte.

»Du hast mit ihr gesprochen«, war eine andere Männerstimme vor der Tür zu vernehmen. »Ich habe es gehört. Und ich weigere mich, auch nur eine Sekunde länger auf den Fluren herumzulaufen.«

Julia schluckte. Sie kannte diese Stimme, gerade hatte sie noch von ihr geträumt und von dem Mann, dem sie gehörte. Der Mann, der ihr vom Krankenhaus aus gefolgt war, der sie an sich gedrückt und sie angesehen hatte, als wollte er jeden ihrer Atemzüge in sich aufsaugen. Oder war auch das ein Teil ihres Traums gewesen? Sie löste ihre Hand aus Ashes und versuchte, Realität und Fiktion voneinander zu trennen.

Doch die Stimme setzte erneut zum Angriff auf ihre Sinne an.

»Wie fühlst du dich, Julia?«

Julia konnte nicht anders. Sie hob die Lider, und ihr Blick schoss zu dem Mann hinüber, der auf sie zukam. *Heilige Scheiße.* Er war echt. Aus Fleisch und Blut, und sah, wenn das möglich war, noch hinreißender aus, als sie ihn in Erinnerung hatte. Als er sie auf der Gravier Street in seine Arme gezogen hatte, war sein Haar zurückgebunden gewesen, jetzt aber hing es ihm offen und wild und sexy in das wunderschöne Gesicht mit den beiden Narben. Wie zuvor trug er Jeans, aber anstelle eines T-Shirts hatte er ein ärmelloses schwarzes Shirt an, das die schweren Muskeln auf seinen Armen und Schultern offenbarte.

Ihr Mund klappte auf, und sie starrte den Mann an.

»Ich bin verwirrt«, brachte sie hervor. Was war passiert? Wie war sie hier gelandet? Und wo genau war sie?

Seine dunklen Augen – Augen die vorher golden gewesen waren – nahmen einen besorgten Ausdruck an, als er an ihr Bett trat. »Es tut mir leid, wie ich dich hierhergebracht habe. Ich bin es nicht gewohnt, zu fragen oder zu diskutieren.«

Das glaubte sie aufs Wort. Ihr Blick wanderte an seinem Körper hinauf. Er war so groß; hatte eine so intensive Präsenz neben ihrem Bett. »Was hast du mit mir gemacht?«

Schuldbewusst zuckte er zusammen und wandte für einen kurzen Moment den Blick ab. »Meine

Geschwindigkeit hat deinen Sinnen die Orientierung geraubt. Und mein Moschus, mit dem ich versucht habe, dich zu beruhigen, ist stärker als bei den meisten Pantera. Ich hätte es wissen müssen.« Seine Augen suchten wieder den Kontakt zu ihren. »Entschuldige bitte.«

»Moschus?« Plötzlich fühlte Julia sich erschöpft. Es war, als sprächen sie eine andere Sprache. »Was ist dieser Moschus? Eine Droge?«

»Nein«, sagte er, seine Miene war von Sorge gezeichnet. »Es ist die Magie, die wir freisetzen können …«

»Magie.« Da war dieses Wort schon wieder.

»… ein Duft, der beruhigt, beschwichtigt oder erregt … Es ist nicht von Dauer.«

Verflucht noch mal, sie musste träumen.

»Du wirst bald wieder aufstehen und gehen können …«

»Weg von hier?«, fragte Julia. Der Puls hämmerte in ihrem Hals. »Ich kann gehen?«

Sein Blick wurde verschlossen. »Das würde mir nicht gefallen.«

»Okay. Raus.« Ashe deutete auf Parish, dann sah sie über ihre Schulter hinweg den anderen Mann an. »Geht. Beide.«

Parish knurrte. Das Geräusch drang durch Julias Haut und vibrierte in ihrem Körper. Fast, als würde sie stöhnen. »Gott, was war das?«

»Das ist Parish, der unhöflich und unsensibel ist«, sagte Ashe in gefährlich wütendem Tonfall. Sie funkelte den Mann böse an. »Du machst ihr Angst und verwirrst sie. *Ich* werde ihr die Lage erklären, von Frau zu Frau.«

»Du hast meine Frau gehört«, sagte der andere Mann, der noch immer an der Tür stand. »Gehen wir, Parish.«

Parishs Blick wanderte an Julias Körper hinab und dann wieder zu ihrem Gesicht. Seine Nasenflügel blähten sich. »Gut«, murrte er. »Aber ich komme wieder.«

Er drehte sich um und stürmte hinaus. Der andere Mann lächelte Ashe kurz und angespannt zu, bevor er sich umdrehte und ging …

Julia rang nach Luft, das Blut in ihren Adern war plötzlich brennend heiß. *Unmöglich*. Sie blinzelte und starrte dann angestrengt auf die leere Tür. Der Mann war verschwunden, aber sie hätte schwören können … *Nein*. Sie schüttelte den Kopf. Es waren die Drogen oder die Kopfverletzung oder die Geschichte, die Ashe ihr gerade erzählt hatte. Sie hatte *nicht* gerade an der Stelle, an der der Mann gewesen war, das Hinterteil einer großen Katze gesehen.

Und auch keinen langen goldenen Schwanz.

Sie ließ den Kopf wieder ins Kissen fallen, schloss die Augen und versuchte, ruhiger zu atmen. Kurz darauf, als sie sich wieder besser unter Kontrolle hatte, öffnete sie die Augen wieder und konzentrierte sich auf das fast leere Zimmer. Es wirkte jetzt dunkler und kälter. Julia runzelte die Stirn über ihre seltsame Reaktion. Jetzt, wo er weg war, hätte sie doch aufatmen können, oder nicht?

Ashe, die noch immer an ihrem Bett saß, lächelte ihr mit schmalen Lippen verständnisvoll zu. »Ich weiß, es ist überwältigend. Sie neigen dazu, ziemlich beschützend zu sein. Und besitzergreifend. Parish scheint sich für dich verantwortlich zu fühlen, so wie er sich aufgeführt hat. Aber mach dir keine Sorgen, Raphael wird sich darum kümmern.«

»Raphael?« Unerträgliche Verwirrung strapazierte die Reste von Julias Geduld. Sie sah Ashe fest in die Augen und wiederholte ihre Frage: »Wer ist Raphael?«

»Mein Gefährte.« Ihr Blick wurde weich, als sie lächelte. »Lass mich dir zuerst sagen, dass ich genau weiß, wie du dich fühlst. Es ist verwirrend und klingt einfach unglaublich.« Sie lachte. »Ich bin ziemlich sicher, dass ich beinahe genau den gleichen Gesichtsausdruck hatte, als ich davon erfuhr.«

»Wovon erfuhr?«, presste Julia hervor. »Dass du unter Drogen gesetzt wurdest? Dass du in einem Traumland lebst?«

Ashe schüttelte den Kopf, ihre Augen strahlten. »Dass Magie wirklich existiert. Dass der Mann, in den ich mich verliebt habe, ein Puma-Gestaltwandler ist.« Sie biss sich auf die Unterlippe. »Und dass das Baby, das ich in mir trage, halb Mensch und halb Pantera ist.«

»Was?«, fragte Julia nach Luft schnappend, während ihr Blick zu dem flachen Bauch der Frau glitt.

»Ich bin erst in der sechsten Woche.« Wieder ergriff Ashe Julias Hand und sah sie flehend an. »Ich habe

Angst, und ich habe keine Ahnung, was mich erwartet. Keinen Schimmer, wie lange ich schwanger sein werde, wie lange die Tragezeit bei einem Puma-Halbblut ist.« Sie schluckte. »Ich will, dass dieses Baby gesund ist. Und eine menschliche Ärztin zu haben …« Sie schüttelte den Kopf. »Ich kann nicht fassen, dass Parish dich einfach entführt hat, ohne dir irgendetwas zu erklären.«

Parish. Allein beim Klang seines Namens wurde ihr eng in ihrer Haut. Das war Wahnsinn. Ein Puma-Halbblut. Herrgott. Diese Frau brauchte keine Geburtshelferin, sie brauchte einen Psychologen. *Und ich muss verflucht noch mal hier raus, bevor ich mich noch tiefer darin verstricke.*

»Ich weiß. Ich weiß, was gerade in deinem Kopf vor sich geht.« Ashe beugte sich zu ihr. »Und ich kann es dir nicht verübeln. Ich bitte dich nur um etwas Zeit.«

»Zeit wofür?«

Ashe leckte sich die Lippen. »Es dir zu beweisen. Sie dir zu zeigen. Die Pantera.«

Blassgoldenes Fell, ein Paar katzenhafter Hüften und ein langer, dicker Schwanz glitten langsam durch Julias Bewusstsein. Um die Vision zu vertreiben, biss sie die Zähne zusammen. Sie weigerte sich, Ashe zu glauben. Aber wenn sie von hier entkommen wollte, musste sie dieses Spiel vielleicht für kurze Zeit mitspielen.

Julia sah der Frau in die Augen und seufzte. »Wenn das alles wahr ist – und ich sage nicht, dass es das ist – solltest du dir dann nicht lieber einen Arzt nehmen, der selbst ein …« Scheiße, sie brachte das Wort kaum über die Lippen, so lächerlich war es. »… Gestaltwandler ist?«

»Davon gibt es hier viele. Aber sie hatten bisher nur mit Pumageburten zu tun. Außerdem haben sie seit mehr als fünfzig Jahren kein Kind mehr auf die Welt geholt.«

Puma. Geburten. Und trotzdem brachte ihre verfluchte Ärztinnen-Neugier sie dazu zu fragen: »Warum nicht?«

»Die weiblichen Pantera werden nicht schwanger, und wenn doch, können sie die Babys nicht austragen. Es ist eine entsetzliche Situation. Man hat sogar versucht, Menschenfrauen, freiwillige Testpersonen, künstlich zu befruchten, doch nichts hat funktioniert.«

»Und dann kamst du«, sagte Julia leise, während sie Ashe mit scharfem Blick musterte.

Ashe nickte.

Diese arme Frau brauchte Hilfe. Ernsthafte, professionelle Hilfe. Julia würde ihr Bestes tun, um hier rauszukommen. Vielleicht konnte sie Ashe überzeugen, mit ihr zu gehen.

»Hör mal, Ashe«, sagte sie mit sanfter Stimme. »Ich kenne ein paar unglaublich gute Ärzte in der Stadt …«

Die andere Frau drückte sacht ihre Hand und sagte flehentlich: »Bitte, sag nicht Nein. Sag gar nichts. Noch nicht.« Dann ließ sie Julias Hand los und stand schnell auf. »Ich lasse dich allein. Damit du versuchen kannst, alles zu begreifen. Bei mir hat das eine Weile gedauert … Zum Teufel, die Wahrheit wirft mich immer noch aus der Bahn. Aber eines solltest du wissen: Du wirst hier alles haben, was du brauchst und willst. Ein Zuhause, ein Gehalt, Schutz, Freiheit.« Mit festem, und doch besorgtem Gesichtsausdruck lächelte sie Julia zu. »Wenn du dich aber entschließen solltest zu gehen, wird dich niemand gegen deinen Willen hier festhalten – nicht einmal Parish.«

War das die Wahrheit? Sie konnte gehen, wenn sie wollte? Julia hob eine Braue. »Da bin ich mir nicht sicher. Parish schien sehr großen Wert darauf zu legen, dass ich bleibe.« *Und, mein Gott, ich glaube, dieser Teil des Traums gefällt mir.*

Ashe zuckte die Schultern. »Er ist ein Jäger. Er ist wild, ungezähmt und daran gewöhnt, sich alles zu nehmen, was er will. Außerdem hat er nicht die allerbesten Manieren. Aber er ist ehrenhaft.«

Ehrenhaft. Einem ehrenhaften Mann war sie schon lange nicht mehr begegnet.

Ashe war schon fast an der Tür, als sie sich noch einmal umsah. »Ähnlich wie du, hatte ich zu Hause nicht viel. Jedenfalls nichts, was mich gehalten hätte. Meine Familie sind Raphael und … naja«, wieder berührte sie ihren Bauch, »Klein-Namenlos hier.« Sie lächelte. »Es wäre toll, nicht nur eine Ärztin, sondern auch eine Freundin zu bekommen.«

Julia starrte die Frau an, sah ihr nach, als sie das Zimmer verließ, und sobald sich die Tür geschlossen hatte, fuhr sie hoch und setzte sich auf die Bettkante. Ihr war ein wenig schwummrig, aber sonst fühlte sie sich gut. Sie musste einen Weg nach draußen finden, einen Weg nach Hause – in ihr Hotel und ihr Leben ohne Job und Familie. Sie konnte nicht hierbleiben. Oder? Bei der verrückten Frau und den gestaltwandelnden Pantera? Bei dem atemberaubenden, goldäugigen Mann, der sie mit unverhohlenem Begehren und voller Hoffnung ansah?

Es war ein Kampf zwischen Realität und Fantasie. Und sie wäre eine schlechte Ärztin und Wissenschaftlerin, wenn sie nicht Fakten über Fiktion stellen würde.

Ein Lichtstreif fiel ins Zimmer, kroch über ihre Beine und fiel auf die Metalltür dahinter. Gebannt von dem klaren, hellen Leuchten stand Julia auf und folgte seinem Ursprung. Das Panoramafenster war geschlossen, doch als sie an die Scheibe trat und hinaus auf die fremde Landschaft blickte, rang sie vor Staunen nach Atem.

Parish öffnete die Tür und betrat den Raum mit der lautlosen raubtierhaften Anmut, für die er als Anführer der Jäger bekannt war. Zuerst ging sein Blick zum Bett, dann zum Fenster, wo sie stand und in den Garten hinausblickte. Er fragte sich, wie lange sie schon dort stand, direkt vor der Scheibe, die Arme ausgestreckt und die Finger um das Sims geschlossen. Bedächtig, begehrlich glitt sein Blick an ihrem Körper hinab. Die Sonne tauchte sie in warmes Licht, sodass sich ihre Kurven unter dem weißen T-Shirt abzeichneten. Gefährliche, atemberaubende Kurven. In seinem Mund sammelte sich Speichel, und der Puma in ihm wollte ausbrechen, auf die Frau zurennen und zuschlagen.

Er musste sie zum Bleiben bewegen, aber noch dringender musste er sie davon überzeugen, dass er der Beste war, um sie zu beschützen. Schon die Vorstellung, Raphael könnte einen anderen Mann zu ihrem Schutz abstellen, ein anderer Puma würde in ihrer Nähe herumschnüffeln und sie mit einem Verlangen ansehen, das nur er selbst empfinden sollte, machte ihn rasend vor Eifersucht.

Er wollte nicht laut aussprechen, dass er sie für sich wollte, aber er würde verdammt noch mal dafür sorgen, dass die Männer in den Wildlands es spürten und es jedes Mal witterten, wenn sie in ihre Nähe kamen.

Er knurrte leise, und sofort drehte sie sich um. Er erwartete, Angst in ihren Augen auflodern zu sehen, doch in ihrer Miene lag nichts als Erleichterung. Sein Herz wurde weich und drängte sich gegen seine Brust, als wollte es zu ihr. Sie fürchtete sich nicht vor ihm. Im Gegensatz zu so vielen anderen Frauen fürchtete sie sich nicht vor ihm.

»Hier ist es einfach unglaublich«, sagte sie und wandte sich wieder zum Fenster. »Unfassbar. Erst dachte ich, ich träume, aber jetzt bin ich überzeugt.«

Er trat neben sie. »Du müsstest noch im Bett liegen.« Seine Worte sollten sanft und fürsorglich klingen, doch sie kamen ein wenig schroff heraus, während sein Kopf Bilder davon produzierte, wie er sie persönlich wieder ins Bett brachte. Vielleicht würde er sich neben ihr zusammenrollen und an ihrem Hals schnurren.

»Wie heißt er noch mal? Dieser Ort?«

»Die Wildlands.«

»Etwas so Schönes habe ich noch nie gesehen.«

Ans Fenster gelehnt, starrte Parish sie an. Nein, er auch nicht. Viel zu schön für einen vernarbten Jäger mit einer so ablehnenden Einstellung. Und trotzdem konnte er die Augen nicht von ihr lassen und den Gedanken nicht ertragen, sie könnte die Bayous verlassen. Wie war das möglich? Er war hin und weg von einer Menschenfrau. Er hasste Menschen. Sie hatten kein Gewissen, keine Ehre. Sie zerstörten das Gute und Unschuldige.

Sie hatten *sie* zerstört.

Sein Bauch zog sich schmerzhaft zusammen, wie immer, wenn er an Keira dachte. Wie konnte er auch nur daran denken, einen Menschen gernzuhaben? Ihm seinen Schutz zu bieten?

»Es ist so grün.« Julia sah zu ihm herüber, das Lächeln auf ihren Lippen spiegelte sich in ihren Augen wieder. »Aber solche Grüntöne habe ich noch nie zuvor gesehen. Ich meine, ich war schon mal in den Bayous. Mehrfach sogar, aber etwas wie das hier habe ich noch nie gesehen. Das ist das Paradies.«

Er hatte immer geglaubt, Menschen würden sich zu Elektronik, hohen Gebäuden, Glas und Metall hingezogen fühlen. Nicht zu der wilden, ungezähmten Landschaft, in der er geboren worden war und die er mit solcher Leidenschaft liebte und beschützte. Aber dass Julia diese Landschaft so sah wie er, das gefiel ihm.

»Wissen die Menschen davon?«, fragte sie. »Kommen sie hierher?«

»Es ist gut getarnt«, erklärte er ihr. »Um Eindringlinge abzuhalten.«

»Wie mich.« Plötzlich und unerwartet blitzte Humor in ihren Augen auf.

Langsam schüttete er den Kopf. »*Unerwünschte* Eindringlinge.«

»Und ihr seid«, ihr Blick glitt über die Landschaft und dann wieder zu ihm, »was genau?«

Seine Brauen zogen sich zusammen. »Ashe hat es dir gesagt. Wir sind Pantera.«

»Katzen-Gestaltwandler«, sagte sie.

»Puma«, korrigierte er sie.

Leise lachend schüttelte sie den Kopf und richtete den Blick wieder auf die Wildlands.

»Du glaubst es nicht.« Er starrte sie an. Auf die Idee, dass er sie davon würde überzeugen müssen, war er nicht gekommen. Nicht nach dem, was auf der Straße in New Orleans geschehen war. Der Strom der Magie konnte ihr nicht entgangen sein. »Du musst es glauben.«

Sie sah ihn wieder an. »Warum? Warum sollte dieser unerwünschte Mensch …«

»Du bist anders«, unterbrach er sie in viel heftigerem Ton als er vorgehabt hatte. »Ashe *möchte* dich vielleicht hier haben, aber ich *brauche* dich, Julia Cabot.«

Augenblicklich verschwand das Lachen aus ihrem Blick.

Parish wandte sich ab und rieb die Stirn an dem kühlen Glas. »Ich weiß nicht, wie ich es erklären soll. Diese Gefühle, die ich für dich habe. Ich bin nicht gut mit Worten. Oder darin, dass andere sich in meiner Gegenwart wohlfühlen.«

»Das machst du ganz gut«, sagte sie.

Parish drehte sich um und sah sie an. Ihr Gesichtsausdruck war verwirrt, und ihre Augen sahen unglaublich blau und verwundbar aus. Durch das Fenster fiel gleißendes Sonnenlicht herein und ließ ihre blonden Haare fast weiß erscheinen. Sie sah aus wie ein Engel. Was sollte er jetzt tun? Was sollte er mit ihr machen? Er hob die Hand, nahm eine ihrer hellen Haarsträhnen von ihrer Wange und drehte sie sanft zwischen den Fingern. »Weich.«

Sie wich seinem Blick für keine Sekunde aus, doch ihre Lippen öffneten sich, als sie bebend Atem holte. Ob sie es akzeptierte oder nicht, er hatte eine genauso starke Wirkung auf sie wie sie auf ihn.

»Wirst du bleiben, Julia?«, flüsterte er, während er näher kam, die Hand öffnete und sie an ihre Wange legte. »In diesem Paradies? In diesem Traum, von dem du nicht genau weißt, ob er real ist? Wirst du Ashe helfen? Und mir gestatten, dich zu beschützen? Es wäre mir eine große Ehre.«

»Parish …«, flüsterte sie.

Er seufzte. »Sag meinen Namen noch einmal in diesem Ton, Julia, und meine Lippen liegen auf deinen, bevor du noch ein einziges Wort sagen kannst.«

Jemand hustete. Jemand, der in der Tür stand. Dann stellte eine vertraute weibliche Stimme fest: »Sie sind aufgestanden. Und Parish ist wieder da.«

Verdammte Frau. Parish knurrte finster, als Julia sich von ihm abwandte. Allmählich ging ihm Raphaels Frau auf die Nerven.

Im Türrahmen stand Ashe neben einer anderen Frau, sie war klein und grinste breit, während sie mit fröhlichem Interesse von Julia zu Parish blickte. Parish nahm an, dass die Frau zur Versorger-Fraktion gehörte, aber im Moment hätte es ihn kaum weniger interessieren können. Sie sollte gehen. Und Ashe ebenfalls. Er wollte diesen Augenblick gegenseitigen Begehrens zwischen sich und Julia zurückhaben. *Sofort.*

»Anscheinend hat die Moschuswirkung nachgelassen.« Ashe sah nur Julia an. »Ich dachte, wenn du dich fit genug fühlst, könnten wir dich mit zum Mittagessen nehmen. Es gibt da etwas, das ich dir zeigen möchte.«

Parish sah die Frau aus zusammengekniffenen Augen an. Die Männer, die um seine Frau herumschnüffelten, konnte er vergessen. Worum er sich wirklich Sorgen machen musste, war Ashe. Es gab nur eine Person in den Wildlands, die Dr. Julia Cabot beschützen würde, und das war er.

4

Die Pantera aßen alle gemeinsam zu Mittag. Eine lebhafte, eng verwobene Gemeinschaft, versammelt um etwa fünfzig aufwändig geschnitzte Holztische, die sich am Bayou entlang aufreihten. Auf den mit grünen Tüchern gedeckten Tischen häuften sich gekochte Garnelen, Flusskrebspasteten, Étoufée – ein Ragout aus Meeresfrüchten mit Reis – Kartoffeln, Mais, Brotpudding, Buttermilchkuchen und eisgekühlter, süßer Tee. Für Julia, die sich normalerweise einen Salat oder eine Tasse Suppe in der Krankenhauscafeteria besorgte, wenn sie im Laufe des Tages mal eine Minute frei hatte, war dieses ausgedehnte Hausmannskost-Picknick zum Mittagessen ebenso überwältigend wie köstlich.

Lächelnd sah sie Ashe über den Tisch hinweg an. »Das ist das beste Mittagessen, das ich je hatte.«

Ashe lachte. »Ich weiß, toll, nicht wahr?« Sie bot Julia noch eine Portion cremige Maisgrütze an, bevor sie sich selbst etwas davon auf den Teller gab. »Zuerst dachte ich, es läge an der Schwangerschaft, aber dann wurde mir klar, dass das Essen hier einfach anders ist. Superfrisch, selbstgekocht und … du weißt schon«, sie zwinkerte, »vielleicht ist auch ein wenig Magie darin.«

Julia sagte nichts. Immer wieder hatte sie sich in Erinnerung gerufen, wie wichtig es für sie war, einen Ausweg aus den Wildlands zu finden und zurück nach New Orleans zu kommen, dass alles hier nicht real war und es so etwas wie Puma-Gestaltwandler nicht gab. Aber das war nicht so einfach. Das Gebiet um dieses zauberhafte Dorf war riesig und vollkommen ländlich. Wohin sollte sie gehen? Sie kannte die Gegend nicht. Wie gefährlich mochte es sein, einfach in die Bayous hineinzuwandern?

Und dann war da die unbestreitbare Neugier, die sie einfach nicht abschütteln konnte. Neugier auf Parish und die Wildlands. Sie gestand es sich nur ungern ein und hatte ihre Sorge um Ashe als Vorwand benutzt, aber dieser Ort interessierte sie. Wie war er entstanden, und wie war es möglich, dass er nicht auf dem Radar der Tourismusbranche auftauchte?

»Oh, in allem hier liegt Magie.« Ines, die kleine Frau mit den dunklen Haaren und den zobelfarbenen Katzenaugen, die zusammen mit Ashe in Julias Zimmer gekommen war, saß am Kopf der Tafel. »In der Luft, in der Erde und im Wasser. Sie macht das Essen unwiderstehlich.« Grinsend fügte sie hinzu: »Und die Männer auch.«

Sofort füllte sich Julias Kopf mit Bildern von Parish, die sie mit einem herzhaften Löffel Maisgrütze zu vertreiben versuchte.

Ashe schnaubte. »Ich glaube, meiner war schon unwiderstehlich, lange bevor ich in die Wildlands kam.«

»Tja, du bist auch etwas Besonderes«, sagte Ines und griff nach der Schöpfkelle in einer der Schüsseln. »Probier etwas hiervon, Ashe. Alligator nach kreolischer Art. Eine Spezialität des Kochs. Das Tier wurde heute Morgen frisch gefangen und ist sehr zart.« Ohne eine Antwort abzuwarten, gab die Frau eine Portion auf Ashes Teller. »Du wirst es lieben. Und dein Junges auch.«

Julia sah von ihrem Teller auf. »Junges?«

»Ihr Kind«, sagte Ines, während sie einen Buttermilchkuchen an den Tisch hinter ihnen weiterreichte. »Es wird zur Hälfte Puma sein. Sobald es zum ersten Mal seine Tiergestalt annimmt, gilt es nicht mehr als Baby.«

Ashe sah Julia mit großen Augen an. »Verstehst du, warum ich hier ein bisschen menschliche Unterstützung brauche?«

Ihr Gesicht wirkte für einen Augenblick so panisch, dass Julia nicht anders konnte, als zu lachen. Sie glaubte nicht, was diese Ines sagte, das konnte sie nicht, und am liebsten hätte sie mit der Frau geschimpft und sie gefragt, warum alle Ashe in ihrer Psychose bestärkten. Aber wie sie so am langsam fließenden Wasser des Bayou saß, in dem Fische über Schwimmpflanzen sprangen, während über ihnen die Sonnenstrahlen durch das Blätterdach der Bäume fielen und ihnen sanfte, angenehme Wärme spendeten, brachte sie es nicht fertig, die unglaubliche Stimmung dieses Dorfpicknicks zu zerstören.

Vielleicht war sie ein Feigling.

Oder vielleicht entfaltete die Magie der Wildlands ihre Wirkung auch bei ihr.

»Wenn Sie sich entschließen zu bleiben, Dr. Julia«, sagte Ines, während sie ein Stück Buttermilchkuchen auf einer Gabel zum Mund führte, »würde ich Ihnen zu gern assistieren. Ich bin Versorgerin und für die Arbeit mit Jungtieren ausgebildet, aber bisher konnte ich meine Fähigkeiten noch nicht einsetzen.«

In diesem Augenblick wandte Julia sich vom Tisch ab und sah sich um. Sie ignorierte den sanften, süßen Wind auf ihrer Haut, das Lachen und die unglaubliche Landschaft und sah sich die Menschen – die Pantera – am Nachbartisch an. Vorher war es ihr nicht aufgefallen, nicht einmal auf dem Weg hierher, aber es gab nirgendwo Kinder. Sie hatte gehört, was Ashe in der Krankenstation gesagt hatte, doch sie hatte dem keine Beachtung geschenkt. Hatte es nicht geglaubt. In der Welt um den Bayou gab es keine Kindergeräusche, kein Weinen oder Brabbeln, keine Zankereien und keine Echos von kindlichem Gelächter, die vom Ufer heraufhallten. Ihr Herz zog sich zusammen. Das war unmöglich. Vielleicht waren sie in der Schule. Es konnte doch nicht wirklich eine Gemeinde ohne Kinder sein.

Sie sah zu der Frau hinüber, die in ihrem Stuhl lehnte, die Hände schützend auf ihren noch flachen Bauch gelegt. »Was hast du gesagt, in der wievielten Woche du bist?«

»In der sechsten.«

»Wie fühlst du dich?« Sie konnte nicht verhindern, dass sie in den Ärztinnen-Modus rutschte.

»Mit der Schwangerschaft?«, fragte Ashe. »Gut. Stark.« Sie lächelte breit. »Glücklich.«

»Keine Schmerzen? Schmierblutungen?«

Sie schüttelte den Kopf. »Ich bin ein bisschen müde. Und hungrig. Ständig habe ich Hunger.«

»Hunger ist gut. Gibst du mir mal deine Hand?« Julia streckte den Arm aus und schloss die Finger um das Handgelenk der Frau. Eine Minute lang fühlte sie Ashes gleichmäßigen Puls. »Hast du deinen Blutdruck messen lassen? Irgendwelche Tests?«

»Noch nichts. Ich bin noch nicht lange hier.« Ashe neigte den Kopf zur Seite und sah Julia aus scherzhaft zusammengekniffenen Augen an. »Du klingst wie ein Doktor, Frau Doktor.«

»Solche Angewohnheiten wird man nicht so schnell los.«

»Dann versuch es gar nicht erst«, sagte Ashe und sah sie mit sanftem Blick an. »Bleib.«

»Ich glaube, das kann ich nicht«, erklärte Julia. »Es ist kompliziert, ich weiß nicht genau …«

Ashes Augen verdunkelten sich. »Es ist wegen Parish, nicht wahr? Er ist zu ungestüm.«

Ungestüm, sinnlich, unwiderstehlich.

»Er kann nichts dafür.« Ines beugte sich vor. »Jäger können sehr stürmisch sein, aber Parish noch mehr als alle anderen. Er lebt in den Höhlen, weißt du, und verlässt nur selten seine Puma-Gestalt. Und ich glaube nicht, dass ich ihn schon einmal habe lächeln sehen.«

»Wirklich?«, fragte Julia und beschloss dabei, dass sie den Teil mit der Puma-Gestalt einfach nicht gehört hatte.

»Er lächelt jetzt, Ines«, bemerkte Ashe mit leichter Besorgnis in der Stimme.

»Was? Wo?«

»Drüben, am Jäger-Tisch.« Sie deutete hinter Julia. »Ich will dich nicht verunsichern, aber seit wir hergekommen sind, konnte er den Blick nicht von dir abwenden.«

Julia sah sich um, das Herz schlug ihr bis zum Hals, als sie nach dem Mann mit den langen schwarzen Haaren Ausschau hielt, in dessen Augen eine solche Intensität, eine solche Hitze lag. Sie hatte sich gefragt, wo er war, ob er überhaupt mit den anderen Pantera zu Mittag aß. Sie entdeckte ihn in etwa zwanzig Metern Entfernung an einem Tisch, der bei einer Gruppe Fluss-Birken stand, alle vier Beine ein paar Zentimeter tief im Wasser. Um den Tisch saßen etwa zehn der am wildesten aussehenden, am knappsten bekleideten und muskulösesten Männer und Frauen, die Julia je gesehen hatte. Und am Kopfende, einen halben Meter über allen anderen, stand Parish auf einem Baumstamm. Er war barfuß und sonnengebräunt und trug nur eine verwaschene Jeans, die direkt unter seinen Hüftknochen saß. Seine Haare waren wild zerzaust, und die Narbe an seinem Mund schimmerte im Sonnenlicht. Begehrlich wanderten Julias Blicke über jeden Zentimeter seines Körpers. Seine schmalen Hüften und der muskulöse Bauch, der sich zu einer breiten Brust weitete, die kraftvollen Schultern und die schlanken, muskulösen Arme. Er sah aus, als wäre er zum Sprung bereit. Und die Muskeln in Julias Unterleib verwandelten sich in flüssiges Feuer, als sie sah, wie er sie beobachtete.

»Vor etwa zehn Jahren haben die Jäger ihren Tisch ans Wasser verlegt«, sagte Ines. »Sie wollten wissen, ob sie ihre Beute vom Ufer aus fangen können. Ich schwöre, die werden nie müde. Ein wilder Haufen, aber unglaublich gut in dem, was sie tun. Die meisten Fraktionen essen mittags häufig zusammen, aber die Jäger tun es immer.«

»Er ist total hin und weg von dir, Julia«, sagte Ashe, und es klang nicht sehr erfreut. »Du brauchst nur ein Wort zu sagen, dann bitte ich Raphael, mit ihm zu reden, damit er sich zurückhält.«

»Nein, tu das nicht.« Sie sprach die Worte sehr schnell, was Ashe nicht entging.

»Du findest ihn attraktiv, das verstehe ich. Aber sei vorsichtig.«

»Ja«, stimmte Ines zu. »Er ist kein sanfter, freundlicher Menschenmann, wie Sie es bestimmt gewohnt sind.«

Gut. Ich glaube, ich habe Menschenmänner satt.

Sie trat sich im Geist für diesen Gedanken. Während die warme, sinnliche Brise über ihre Haut strich und sich die Bäume über ihren Köpfen hin und her wiegten, hielt sie Blickkontakt mit Parish. Sie konnte nicht wegsehen. Sie glaubte nicht an Magie, aber sie wollte an ihn glauben und an das, was da zwischen ihnen entbrannt war, was auch immer das war.

»Mach dir keine Sorgen, Ashe«, fuhr Ines fort. »Bei seiner Geschichte wird er sie nicht ernsthaft in Erwägung ziehen.«

Die Worte der Frau durchschnitten den unsichtbaren Strang, der ihren und Parishs Blick miteinander verbunden hatte. Sie fuhr herum und sah Ines an. »Was meinen Sie damit?«

Ines zuckte mit der Schulter. »Nur, dass er sich nie mit einer Menschenfrau paaren wird. Nicht nach dem, was seiner Schwester zugestoßen ist.«

Julia sah erst Ashe an, die den Kopf schüttelte, und dann wieder Ines, die sich gerade eine riesige Portion Brotpudding auf den Teller lud. »Was ist mit seiner Schwester passiert?«

»Sie war seine beste Freundin und fast ein Jahrzehnt lang Anführerin der Jäger. Und sie war die einzige Familie, die Parish hatte. Aber sie war hier nicht glücklich. Sie wollte die Welt sehen, wollte außerhalb der Wildlands arbeiten.«

»Was ist passiert?« Doch noch während sie die Frage stellte, spürte sie in ihrem Inneren die Antwort.

Ines blickte auf ihren Teller und sagte leise: »Sie wurde umgebracht. Von dem Menschenmann, in den sie sich verliebt hatte.«

»Wie schrecklich«, sagte Ashe.

»Seitdem lebt Parish zurückgezogen und bleibt meist in seiner Pumagestalt.« Ines hob den Blick und sah Julia wieder in die Augen. »Es überrascht mich, dass er Interesse an dir zeigt. Das wird unsere Frauen eifersüchtig machen. Auch wenn sich einige vor ihm fürchten, gibt es doch viele, die darauf hoffen, ihm aufzufallen.«

Wieder warf Julia einen Blick über ihre Schulter und sah Parish neben seinem Tisch am Ufer stehen. Er hatte sich an seine Jäger gewandt, und während er zu ihnen sprach, begann einer von ihnen stark zu zittern und reckte dann den Hals unnatürlich weit nach vorn. Julia schlug das Herz bis zum Hals. *Was geschah mit ihm?* Ein seltsamer silberner Nebel tauchte auf, Julia konnte nicht erkennen, ob er aus dem Bayou oder aus dem Nichts gekommen war. Aber er legte sich über den Mann, und währenddessen schien dessen Kleidung mit seiner Haut zu verschmelzen, sodass es fast wie eine Tätowierung aussah, bis …

»Oh mein Gott«, murmelte Julia, den Blick unverwandt auf den Mann gerichtet. Nein, es war kein Mann. Nicht mehr.

Das musste ein Traum sein. Oder Drogen. Vielleicht war sie noch gar nicht aufgewacht. Sie hatte sich den Kopf angeschlagen.

Nach Atem ringend, hielt sie sich an der Tischkante fest, als ein weiterer Mann zu zittern begann. Die gleiche Streckung, der gleiche Nebel, die gleiche Verwandlung in goldbraunes …

»Sie gehen wieder an die Arbeit«, bemerkte Ines, als wäre das Bild vor ihren Augen nichts Ungewöhnliches. »Morgen ist die Jagd, und sie müssen die Grenzen sichern.«

»Oh Julia«, rief Ashe aufgeregt. »Du musst einfach bleiben. Ich habe die Jagd noch nie gesehen, aber es soll fantastisch sein. Wir könnten zusammen hingehen.«

Julia hörte kaum zu. Ihr Blick glitt zu Parish, der von zwei großen, goldäugigen Pumas flankiert wurde. Pumas, die zuvor … Menschen gewesen waren? Wie war das möglich?

»Parish führt die Jagd an«, sagte Ines mit einem breiten Lächeln in der Stimme. »Es ist ein unglaublicher Anblick. Er ist in seiner Pumagestalt eines der schnellsten und wildesten Raubtiere, die ich je gesehen habe.«

Genau in dem Moment, als Ines geendet hatte, sah Parish zu Julia herüber. Ihr Herzschlag hämmerte in ihrer Brust, in ihren Ohren, in ihrem Blut. Ihre Lippen teilten sich, als wollte sie etwas sagen, doch stattdessen entwich aller Atem aus ihrer Lunge. Vor ihren Augen begann Parish zu erbeben und verwandelte sich in einer Woge aus silbrigem Nebel in einen großen, kräftig gebauten, schiefergrauen Puma. Vielleicht hatte Julia etwas gesagt oder gewimmert, sie wusste es nicht. Ihr Herz schlug so heftig, dass sie fürchtete, es würde in ihrer Brust zerreißen. Ihre Konzentration galt einzig der unglaublichen Magie, die sie gerade mit eigenen Augen gesehen hatte. Der Magie, die sie nicht länger leugnen konnte. Schon der erste Puma, dessen Verwandlung sie gesehen hatte, war wunderschön gewesen, doch er war nichts – absolut nichts – im Vergleich zu Parish. Sein breiter Kopf und das dichte Fell waren beeindruckend, aber was ihr den Atem raubte, waren seine Augen: golden, gesprenkelt mit Blau und Grau, umrandet von tiefstem, dunkelstem Schwarz.

»Sehen heißt glauben«, sagte Ashe hinter ihr.

Julia starrte den Mann an. Den Puma.

Parish.

Ohne sich zu den Frauen umzudrehen, murmelte sie: »Es ist real. Er ist real.«

Er ist magisch.

Der Puma öffnete das Maul und versuchte ihren Duft tiefer in seine Lunge zu saugen. Sie starrte ihn an, und er wollte herausfinden, ob sich ihre chemische Reaktion auf ihn verändert hatte, nachdem sie einen Beweis dafür gesehen hatte, was er war. Fühlte sie sich von seiner Tiergestalt abgestoßen, oder war sie neugierig?

Die schwache Spur von Erregung, die auf seinen Gaumen traf, entlockte ihm ein Knurren.

Er wollte über Tische und Pflanzen hinwegspringen, wollte die Frau mit den Zähnen packen, sie auf seinen Rücken werfen und in ihr Zimmer in der Krankenstation zurückbringen. Ihm gefiel nicht, wie einige der anderen Pantera-Männer sie ansahen. Denen würde er zeigen müssen, zu wem diese neue Ärztin gehörte.

Doch bevor er auch nur eine Pranke in ihre Richtung setzen konnte, kamen zwei riesige goldene Pumas an seinen Tisch gesprungen.

Die nördliche Grenze ist sicher, sagte Mercier, dessen tiefe Stimme in Parishs Kopf dröhnte.

Auf diese Art kommunizierten sie als Pumas, allerdings nur, wenn sie im Dienst waren. Schon vor langer Zeit waren Regeln für die Privatsphäre aufgestellt worden. Ein Jäger sprach nie in den Gedanken eines anderen Jägers und hörte sie auch nicht mit, solange sie nicht bei der Arbeit waren.

Parish wandte sich an den zweiten Puma, um dessen Bericht zu hören. *Rosalie?*

Ihr Schweigen weckte augenblicklich seine Besorgnis. *Was ist los?*

Vielleicht gar nichts, sagte sie und nickte dabei einigen anderen Jägern in der Nähe zu. *Vielleicht ist es nur Großwild oder ein paar neugierige Einheimische, aber ich habe an der Ostgrenze Geruchsspuren von Menschenmännern gewittert.*

Parishs Magen war wie zugeschnürt. *Wie viele Männer?*

Drei.

Scheiße. Und auch noch so kurz vor der Jagd. Sein Blick schnellte zu Mercier. *Gehen wir. Du, ich, Rosalie und Hiss. Ich will wissen, womit wir es zu tun haben.* Er drehte sich zu den fünf anderen Jägern um, die sich bereits verwandelt hatten und ruhig und aufmerksam auf ihre Anweisungen warteten. *Teilt euch auf. Lauft die Grenzen im Westen und Süden ab. Ich will, dass auf jedem Zentimeter Witterung aufgenommen wird.*

Parish brach auf und lief am Ufer entlang. Im Vorbeigehen sah er kurz zu Julia, die ihn mit großen Augen und fassungsloser Miene beobachtete. Er wollte hier bei ihr bleiben, wollte aus erster Hand erleben, wie sie auf den Puma in ihm reagierte, und erfahren, wann sie bei Natty einziehen konnte. Doch wie es aussah, würde das bis später warten müssen. In der Zwischenzeit war sie auf der Krankenstation in Sicherheit, während er dafür sorgte, dass sie und alle Pantera in den Wildlands sicher vor jenen waren, die ihnen schaden wollten.

5

Das dreigeschossige Haus im Greek-Revival-Stil stand auf einer eindrucksvollen Rasenfläche. Ein paar Meter vor dem Eingang floss ein schmaler Bach vorbei, und in der Ferne lagen einige kleine kreolische Häuser. Während Julia zuvor an Raphaels Seite das Dorf der Wildlands durchquert hatte, hatten um sie herum Männer und Frauen zwischen ihren Puma- und Menschengestalten gewechselt und Julia hatte weitgehend aufgehört, ihre Umgebung, die Magie und die Gestaltwandler zu hinterfragen, ebenso wie die Tatsache, dass ein so abgelegenes Fleckchen in den Tiefen der Bayous die unglaublichste Oase sein konnte, die sie je zu Gesicht bekommen hatte.

Vielleicht würde sie morgen in einer anderen Wirklichkeit erwachen, aber jetzt, heute Abend, lebte sie bei den Pantera.

»Ich dachte mir, das hier könnte Ihren Bedürfnissen ganz gut entsprechen.« Miss Nathalie, die Besitzerin der Pension, stand im obersten Stockwerk in der Tür zu einem Zimmer, hatte die Hände in die Hüften gestützt und sah sich um. »Aber ich habe auch unten noch zwei Zimmer, die nicht belegt sind und die ich Ihnen zeigen könnte.«

Julia lächelte die kleine, spindeldürre Frau an, die

etwa Anfang sechzig zu sein schien. »Es ist perfekt.« Und das war es. Tapeten und Bettwäsche in dem geräumigen und doch gemütlichen Zimmer waren in Weiß und Hellblau gehalten, es gab elegante handgearbeitete Möbel, und in einer kleinen Nische mit Ausblick auf eine riesige Eiche stand eine Badewanne mit Klauenfüßen. Es sah aus wie aus einer Zeitschrift. »Sie haben ein wunderschönes Haus«, sagte sie.

Die Frau lehnte sich in den Türrahmen und lächelte. »Das älteste in den Wildlands. Meine Ururgroßeltern haben es erbaut ... oder vielleicht auch mit Magie hergezaubert.« Als sie lachte, funkelte Gold in ihren hellgrünen Augen. »Man kann nie sicher sein.«

»Die Sache mit der Magie könnte ich glatt glauben.« Julias Blick blieb an dem französischen Bett aus dunklem Holz hängen, über dem sich ein mit aufwändigen Schnitzereien verzierter Baldachin erhob.

»Meinen Kindern ging es genauso«, sagte Miss Nathalie ein wenig wehmütig. »Sie haben diesen Ort geliebt, aber jetzt sind sie nicht mehr hier. Führen ihr eigenes Leben. Beides Anzugträger. Diplomatenfraktion, wie Raphael. Ich weiß nicht, wie das passiert ist, da ihr Vater und ich Versorger sind. Aber die Schamanin weiß es immer.«

Julia richtete ihre Aufmerksamkeit wieder auf die Frau. »Die Schamanin?«

»Äh, ja. Sie ist schon länger hier als alle anderen, sogar länger als die Ältesten.« Als ihr Lächeln breiter wurde, sah die Frau aus wie zwanzig. »Sie ist wahrlich eine Zauberin. Sie hat die Zugehörigkeit jedes Pantera-Jungen prophezeit, das je geboren wurde.«

Wie unglaublich, dachte Julia, und doch stand es ganz und gar in Einklang mit dem Mysterium dieses geheimen Dorfs. »Also entscheiden Sie nicht selbst, welcher Fraktion Sie oder Ihre Kinder angehören werden?«

»Nein, Mädchen. Das entscheidet die Magie. Man wird dafür geboren. Es steckt schon in einem drin. Ist lange her, dass die Schamanin zuletzt eine Prophezeiung ausgesprochen hat.« Plötzlich hellte sich ihr Blick auf. »Aber wenn Sie hierbleiben, können Sie es vielleicht selbst miterleben.«

Sie meinte Raphaels und Ashes Kind. Das Kind, bei dessen Geburt Julia helfen sollte. Je mehr sie über die Geschichte und die Schwierigkeiten der Pantera erfuhr, umso größer wurde ihr Interesse, und umso mehr Druck verspürte sie. Sie wollte ihnen helfen, besonders Ashe, aber wenn sie ehrlich war, wusste sie nicht, ob sie die nötigen Fähigkeiten besaß. Dieses Kind und Ashes Schwangerschaft, das wäre eine vollkommen neue Erfahrung für sie.

»Ich bin froh, dass Sie da sind, Mädchen«, sagte Miss Nathalie. Sie kam ins Zimmer und trat ans Fenster. »Schön, eine Frau um sich zu haben.«

»Haben Sie nicht viele weibliche Pensionsgäste?«

»Die meisten, die hierherkommen, sind Männer.« Sie drehte sich um und lehnte den Rücken an die große Fensterscheibe. »Gefährten, die von ihren Frauen weggeschickt wurden.«

Julia lachte. »Wirklich? Warum?«

»Zu früh eine Verbindung eingegangen, ohne zu wissen, wie eine Frau funktioniert.«

Julia spürte, wie ihre Wangen heiß wurden. »Verstehe.«

Miss Nathalie lachte über ihren Gesichtsausdruck. »Nein, nein. Nicht das, was Sie denken, Mädchen. Wenn es um Sex geht, sind alle Pantera Naturtalente. Das Tier in ihnen übernimmt die Kontrolle und weiß von selbst, was ihren Partnerinnen gefällt. Aber das Tier bringt auch einen Mangel an sozialen Fähigkeiten mit sich. Einige unserer Männer, selbst die Versorger, wissen nicht, wie man zuhört, tröstet oder seiner Gefährtin ein guter Freund ist. Hier komme ich ins Spiel. Und dieses Haus. Sie wohnen hier, ich rede mit ihnen und leite sie an, bis sie bereit sind, nach Hause zurückzukehren.«

»Anders ausgedrückt«, erklang ein gereiztes männliches Fauchen von der Schlafzimmertür, »sie kastriert sie und zieht ihnen die Krallen.«

Julias Herz tat einen Sprung, und als sie sich umdrehte, sah sie Parish in der Tür stehen. Immer wieder vergaß sie, wie groß und breit er gebaut war. Er sah atemberaubend aus, frisch geduscht, in Jeans und einem schwarzen T-Shirt, sein Gesichtsausdruck verschmitzt. Und in seinen Augen leuchtete immer noch die goldene Hitze des Pumas.

Julia konnte sich nicht länger einreden, es wäre nicht real. Sie hatte ihn mit ihren eigenen Augen gesehen, und sie wollte verdammt sein, wenn das nicht der herrlichste Anblick aller Zeiten gewesen war.

»Deine Zeit wird schon noch kommen, Parish Montreuil«, sagte Miss Nathalie mit einem leisen Kichern. »Das heißt, wenn du je das richtige Mädchen triffst.«

Parish antwortete nicht. Zu sehr war er damit beschäftigt, Julia anzusehen. Sein Blick glitt an ihrem Körper hinab, seine Miene war von einer Mischung aus Verlangen, Besorgnis und Zorn überschattet. »Dafür wird Raphael meine Reißzähne zu spüren bekommen.«

»Worüber regst du dich auf, Jäger?«, fragte Miss Nathalie, deren neckender, mütterlicher Tonfall sich verlor, als sie Parishs Zorn spürte.

»Dass er Dr. Cabot hier untergebracht hat. Dass er sie bewacht hat.« Sein Blick schnellte zu Miss Nathalie. »Sie wurde ohne mein Wissen oder meine Zustimmung von der Krankenstation hierhergebracht.«

»Raphael hat mich begleitet«, sagte Julia, die seine Heftigkeit nicht verstand. »Er hat nichts davon gesagt, dass ich einen Bewacher hätte.«

Parishs Blick schnellte wieder zu ihr, und er knurrte leise. »Tja, das hast du. Und zwar mich.«

Julias Herz klopfte schneller, sie fühlte sich ein wenig außer Atem. Wie dieser Mann sie ansah, mit dem Tier, das sich tief in seinen Augen verbarg, war ebenso besorgniserregend wie erotisch.

»Meine Güte.« Miss Nathalies Miene sprühte vor Humor, als sie sich mit erhobenen Augenbrauen zu

Julia umdrehte. »Was sagen Sie dazu, Miss Julia? Soll ich diesen aufgeblasenen Kater aus dem Haus jagen, oder wollen Sie seine Fürsorge akzeptieren?«

»Sie hat keine Wahl«, sagte Parish eilig und kam ins Zimmer.

Keine Wahl? Oh, so weit würde er nicht gehen, oder? Er mochte der erotischste, hinreißendste Mann sein, den sie je gekannt hatte, aber über Julia Cabots Leben würde niemand außer ihr selbst bestimmen. Nicht mehr. Nicht einmal an diesem wundervollen Ort, an dem es Magie tatsächlich gab. Sie funkelte ihn böse an, als er näher kam, und sagte langsam und deutlich: »Ich werde immer eine Wahl haben, Parish Montreuil. Verstanden?«

Dunkle Brauen hoben sich über golden lodernden Augen.

Miss Nathalie kicherte. »Ich mag dieses Menschenmädchen.«

Parish sah verwirrt aus, so als wäre er nicht gewohnt, dass ihn jemand tadelte oder ihm widersprach. Er ging an ihr vorbei, sein Blick strich von der Badewanne zum Bett. »Du brauchst jemanden, der dich beschützt, Dr. Cabot. Ein Mensch, der unter Pantera lebt, fordert Schwierigkeiten geradezu heraus.«

»Vielleicht mag ich Schwierigkeiten ja«, hörte Julia sich sagen. *Vielleicht suche ich sogar danach.*

Parish drehte sich zu ihr um. Zunächst war seine Miene angespannt, und Julia dachte, er würde sich auf den nächsten verbalen Angriff vorbereiten. Doch einen Augenblick später erschien auf seinem Gesicht ein breites Lächeln, und dann fing er an zu lachen. »Ich glaube, ich könnte dieses Menschenmädchen auch mögen, Natty.«

»Da haben sich zwei gefunden. Hätte nie gedacht, dass ich diesen Tag noch erleben würde«, äußerte Miss Nathalie kopfschüttelnd. »Der höhlenhausende, giftverspritzende Parish Montreuil lacht sich kaputt.«

»Ich bleibe zum Abendessen, Natty«, sagte Parish, den Blick jedoch fest auf Julia gerichtet. »Also sorg dafür, dass es was Gutes gibt.«

»Für dich heißt es Miss Nathalie, und du wirst essen, was ich dir vorsetze. Und es wird dir schmecken.«

Ein spielerisches Knurren drang aus der Tiefe seiner Kehle, und Julia spürte das Geräusch bis hinunter in ihre Zehenspitzen.

»Knurr mich noch einmal so an, Kater, und du darfst mit deinen Fangzähnen Kartoffeln schälen.«

»Keine Zeit.« Plötzlich griff Parish nach Julias Hand. »Ich begleite Miss Julia auf einem Spaziergang.« Er ließ seine Stimme bewusst sanft klingen. »Wenn sie meine Fürsorge akzeptiert, heißt das.«

Seine Hand fühlte sich stark und schwielig in ihrer an, und sie hatte den äußerst seltsamen Wunsch, fester zuzugreifen. Seine Wärme sickerte durch die Haut ihrer Handfläche bis in ihr Blut. Als sie zu ihm aufsah, musste sie sich zwingen weiterzuatmen. »Sie akzeptiert. Vorerst.«

Miss Nathalie schnaubte. »Also gut. Seid vor Sonnenuntergang wieder da.« Schon auf dem Weg aus der

Tür, fügte sie hinzu: »Abendessen gibt es um halb sieben. Pünktlich.«

Sobald sie gegangen war, kam Parish auf Julia zu und zog sie zu sich, bis sie kein halber Meter mehr voneinander trennte. Gold blitzte in seinen dunklen Augen auf, als er zu ihr hinuntersah. »Tu mir das nicht noch mal an, Julia.«

Das Atmen fiel ihr immer noch schwer. »Was?«

»Weggehen. Ohne mir Bescheid zu sagen.«

Sein Körper strahlte Hitze ab. »Das bin ich nicht. Raphael ist gekommen …«

»Ich weiß«, sagte er schnell. »Trotzdem bitte ich dich, das nächste Mal auf mich zu warten.«

Die Kraft und Intensität seines Blicks beeinflusste ihr Denkvermögen. »Du hast dir Sorgen gemacht?«

Seine Nasenflügel blähten sich, als er sie leise anknurrte. »Wahnsinnige. Bis Ashe mir gesagt hat, wo du bist.«

»Tut mir leid.«

»Nein.« Er drückte ihre Hand. »Dir muss nichts leidtun. Ich weiß, dass ich ein dominantes, plumpes, vernarbtes Wrack von einem Mann bin. Aber ich muss dich beschützen.«

»Wegen des Babys«, legte Julia nahe. Ihr Atem ging noch immer unregelmäßig und flach, als sie zu ihm aufsah.

»Es sollte wegen des Babys sein.«

»Aber das ist es nicht?«

Er schüttelte den Kopf, sein Blick grimmig vor Verlangen.

Julias Haut kribbelte, und ihr Mund fühlte sich plötzlich ganz trocken an. Noch nie hatte jemand sie auf diese Weise angesehen. Noch nie hatte jemand solche Worte zu ihr gesagt, und sie mit einem so tiefen, verletzlichen Begehren angesehen. Doch trotz allem, trotz ihres neuen Glaubens an die Magie und an ehrenwerte, sexy Männer, die ihre Gestalt wandeln konnten, klammerte sich die Angst fest an ihr Herz – die Angst, zu scheitern und verletzt zu werden, Angst vor dem, was ihr mit Gary widerfahren war, mit allen Garys in ihrer Vergangenheit.

»Eine Sache musst du verstehen«, fing sie an. »Ich komme gerade aus einer Beziehung, und ich will nicht …«

»Das war keine Beziehung, Julia.« Sein Daumen strich sanft über ihre Handfläche, doch seine Miene war fest entschlossen. »Das war eine Lüge, erzählt von einem arroganten, egozentrischen Drecksack, der keine Ahnung hatte, was er an dir hatte, womit er gesegnet war.« Als sein Blick über ihr Gesicht strich, wurden seine Augen ganz und gar golden. »Wenn ich das Glück haben sollte, dass du mich willst, werde ich dir nie Anlass zu Misstrauen geben.«

Tränen stiegen in Julia auf. Seine Worte, sein Blick … die unverblümte Aufrichtigkeit dahinter … dieser Mann hatte die Macht, sie zu verändern, ihr Herz und ihre Seele, wenn sie es nur zuließ.

»Komm, Julia«, sagte Parish, drehte sich um und führte sie zur Tür. »Wenn du schon für schön gehalten hast, was du heute beim Mittagsmahl und vor deinem

Fenster gesehen hast, dann hast du noch gar nichts gesehen.«

Sie fühlte sich himmlisch auf seinem Rücken an.

Ihr Gewicht und die Art, wie sich ihre Schenkel an seine Flanken drückten. Wie sich ihre Hände in sein Nackenfell klammerten, während er die vertraute Strecke entlanglief und sich zwischen Bäumen hindurchschlängelte, die warme Bayouluft in seinem Gesicht.

Verdammt, daran könnte er sich gewöhnen.

Ein paar Schritte vor dem Abhang kam der Puma zum Stehen. Einen außergewöhnlichen Moment lang ließ er den Blick über seinen heiligen Ort streifen und schnurrte, während Julia sich vorbeugte, die Arme um seinen Hals schlang und ihn drückte. Noch nie hatte er jemanden hierhergebracht. Es war das geheime Versteck gewesen, in dem er und Keira als Jungtiere stundenlang gespielt hatten, und später hatte er es zu seinem Zuhause gemacht, nachdem sie weggegangen war. Nein … nachdem sie ermordet worden war. Eine Meile entfernt von allen anderen Pantera, von allem, was sprach, Vorträge hielt oder Forderungen stellte, waren diese Höhlen sein Trost gewesen. Der Duft des Bayou, die scharfen Kanten der Felsen, selbst die Intensität der Hitze waren zu seiner Familie geworden. Etwas anderes hatte er nie gebraucht, um sich ganz zu fühlen, nie etwas anderes ersehnt.

Bis jetzt.

Bis er Julia begegnet war.

Parish ließ ihr einen Augenblick Zeit, von seinem Rücken zu gleiten, bevor er sich verwandelte und an den äußersten Rand der Felsen trat. Wie es seine tägliche Gewohnheit war, führte er eine visuelle Bestandsaufnahme jeder Kontur des zerklüfteten Abhangs und der Höhlen darüber durch, betrachtete die dichte Vegetation, die von den Felsen herabhing und sanft in das warme Wasser des darunterliegenden Sees tauchte. Als er nichts Ungewöhnliches oder Bedrohliches spürte, entspannten sich seine Muskeln.

»Unglaublich«, sagte Julia hinter ihm mit ehrfürchtiger Stimme.

Parish warf einen Blick über die Schulter und betrachtete sie mit einer winzigen Spur scherzhafter Arroganz. »Ich oder die Landschaft?«

Sie lächelte. »Du in der Landschaft.«

»Danke sehr.« Ihr Lächeln erwidernd, fasste er ihre Hand. Der Puma in ihm schnurrte, als sie sofort ihre Finger um seine schloss. Ihre Berührung bewirkte etwas in ihm, das nichts anderes vermocht hatte: Sie tröstete ihn und weckte eine Empfindung, die einem Glücksgefühl bemerkenswert nahekam.

Dicht an seiner Seite führte Parish sie den Hang hinunter zum grasbewachsenen Ufer des Sees. Der Duft des Bayou drang in seine Nase, und er sog ihn tiefer in seine Lunge.

»Ich weiß nicht, warum es so ist«, sagte er. »Aber das Wasser ist unglaublich warm.«

»Und klar.«

»Und es schwimmen bemerkenswert wenige Viecher darin herum.«

Sie lachte. »Badest du darin?«

Er wandte sich zu ihr. »Ja.«

In ihren Augen blitzte sinnliches Interesse auf. »Ich dachte, Katzen mögen kein Wasser.«

»Ich bin keine von euren gewöhnlichen Katzen.«

»Tatsächlich?«

Er nickte.

»Beweise es.«

Seine Brauen hoben sich. »Du willst, dass ich ins Wasser gehe? Dass ich in deiner Gegenwart bade?«

Sie tat so, als müsste sie einen Moment lang nachdenken, dann lächelte sie. »Ja, ich glaube, das will ich.«

Er lachte leise. »Also gut. Aber du kommst mit.«

»Was?« Ein ersticktes Kichern brach aus ihr hervor, als er einen Arm um ihren Rücken legte und den anderen unter ihre Knie schob. »Nein, halt!«

Er hob sie hoch und ging Schritt für Schritt ins Wasser. »Wehr dich nicht. Sonst lasse ich dich noch fallen.«

»Okay, okay.« Lachend strampelte sie mit den Füßen. »Du hast gewonnen, ich habe geblufft.«

»Fordere niemals einen Pantera heraus.« Er watete tiefer hinein.

»Komm schon, bring mich zurück.«

»Du willst mich nass sehen, und ich will dich …«

»Parish!«, rief sie erschrocken.

Er blieb stehen, das Wasser schwappte um seine Hüften, und sein ganzer Körper war angespannt, als er auf sie hinabblickte. »Wie hast du mich genannt?«

»Parish«, sagte sie, und diesmal lag Hitze in jeder Silbe. Sie biss sich auf die Unterlippe, um ein Kichern zu unterdrücken.

Er senkte den Kopf und leckte an dieser Unterlippe. »Oh Julia«, raunte er. »Ich habe dich gewarnt, was passieren würde, wenn du meinen Namen noch einmal auf diese Art aussprichst.«

Ihre Augen blitzten. »Ja, das hast du.«

Hart und hungrig drückte er seinen Mund auf ihren, und das unglaubliche Gefühl ihrer weichen, feuchten Lippen ließ ihn aufstöhnen. Allein mit ihrem Geruch und ihrem warmen Atem hätte sie ihn in den Wahnsinn treiben können. Er saugte an ihrer Unterlippe und knabberte daran, und als sie abermals seinen Namen flüsterte und sich an ihn drängte, stieß er die Zunge in ihren heißen Mund und nahm sie in Besitz.

Jesus, wie sollte er es ihr sagen?

Wie sollte er die Worte formen und dann über die Lippen bringen?

Wie ihr etwas verständlich machen, das er selbst kaum begriff? Sie lebte nicht in seiner Welt und wusste nicht, was es zu bedeuten hatte, wenn ein Pantera-Mann eine Frau in Besitz nahm.

Wie sollte er ihr erklären, dass es kein Zurück mehr gab? Dass sie jetzt zu ihm gehörte?

Er umfasste ihre Taille und ihre Schenkel, während er ihre Zunge liebkoste, um dann tief in ihren Mund vorzustoßen, immer wieder und wieder, bis sie beide keuchten. *Hier. Sieh, wie sehr ich dich will, Julia Cabot. Sieh ein, dass du mir gehörst.*

Wasser spritzte auf, als sie sich plötzlich in seinen Armen wand, um ihre Position zu verändern. Als sie sich zu ihm umdrehte, die Beine um seine Hüfte schlang und zudrückte, stieß Parish ein Knurren aus und umfasste mit beiden Händen ihren Hintern, während er sich wieder über ihren Mund hermachte. *Verflucht.* Sie war feucht. Und zwar nicht nur vom warmen Wasser des Bayou, das um sie herumspritzte. Er konnte ihre feuchte Scham durch den Stoff ihrer Jeans spüren. Sie rieb sich an ihm, beschwor seinen steifen Schwanz, flehte ihn an, sie auszufüllen. Und er wollte sich fügen. Er wollte es mit ihr tun, ihr die Kleider vom Leib reißen und sich tief in ihr zartes, enges Fleisch versenken.

Allein der Gedanke daran machte ihn wahnsinnig vor Lust. Noch nie hatte er etwas oder jemanden so sehr gewollt wie sie. Die Heftigkeit dieses Verlangens machte ihm beinahe Angst.

Er riss seinen Mund von ihr los, rieb sich an ihrem Hals und fuhr mit seinen scharfen Reißzähnen sacht über ihren hämmernden Puls.

»Parish?«, brachte sie stöhnend hervor.

Er leckte über ihre Schlagader und fragte sich, wie ihr Blut schmecken würde. »Hmmm?«

Sie rang nach Luft, wobei sich ihre Brüste gegen seinen Oberkörper pressten. »Du hast gesagt, in diesem See gäbe es keine Tiere.«

»Mmmmmmm … Ja …«

»Und … was ist das da hinter dir?«

Sein Verstand wurde wie von einem Stromschlag aufgeschreckt. Er löste sich von ihrem Hals, wirbelte herum und stand vor einem kleinen Alligator. Das Tier war nur gut einen halben Meter lang, doch es war mit eindrucksvoll scharfen Zähnen bestückt. Getrieben von seinem Instinkt, die Frau zu beschützen, kam der Puma in ihm zum Vorschein, knurrte und ließ dabei selbst seine scharfen, tödlichen Werkzeuge aufblitzen. Augenblicklich machte der Alligator kehrt und schwamm in die andere Richtung weiter.

»Verdammtes Kriechtier«, murrte Parish und trug Julia aus dem Wasser, ohne ihren süßen Po loszulassen. Sein Körper schrie vor Lust, sein Schwanz war steinhart und pochte. Aber er würde keine weitere Begegnung mit scharfen Zähnen riskieren.

Abgesehen von seinen eigenen.

Wenn sie es wollte.

Der Puma in ihm schnurrte bei dem Gedanken. Eine Sekunde lang dachte er daran, sie in die Höhlen über ihnen zu bringen, wo er wohnte und schlief. Doch es kam ihm nicht richtig vor, schien ihm nicht der passende Ort zu sein, für die Frau, die er zu seiner Gefährtin machen wollte. Jedenfalls nicht für ihr erstes Mal. Es gab auch so schon genug kalten, harten Stein.

Am Ufer stellte er sie behutsam auf die Füße und versuchte seinen Kopf dazu zu bringen, sich auf etwas anderes zu konzentrieren, etwas, wobei sich sein Schwanz verflucht noch mal beruhigen würde. Aber ein einziger Blick in ihre Richtung genügte, ein kurzes Hinabgleiten an ihrem Körper, damit seine Eichel feucht wurde.

Nasse Kleidung klebte an begehrenswerten Hüften, an runden, vollen Brüsten und vorstehenden Brustwarzen.

Verflucht.

Er griff nach ihrer Hand und zog sie den Hügel hinauf bis zu dem Felsvorsprung. »Die Sonne geht unter. Wir sollten zurückgehen.« Seine Stimme glich einem Knurren. »Natty zieht mir das Fell über die Ohren, wenn ich dich zu spät zum Abendessen nach Hause bringe.«

»Das kann ich nicht zulassen.« In ihrer Stimme schwang unmissverständlich unerfülltes Verlangen mit.

Parish fluchte innerlich. »Auf keinen Fall.«

»Du hast wahrscheinlich Hunger.«

Du hast ja keine Ahnung.

»Parish?«, fragte sie, als sie die Kuppe des Hügels erreichten.

»Ja.«

»War das Magie?«

Sein Kopf fuhr herum, sein Blick suchte ihren. »Was?«

Sie sah auf eine unglaublich sexy Art derangiert aus: die Wangen rosa, die Augen groß und schwer vor Lust. »Nicht der Alligator, und auch nicht deine Verwandlung, sondern was im See geschehen ist. Zwischen uns. War das Magie?«

Parishs Herz zog sich in seiner Brust zusammen. »Nein, Julia.« Er zog sie näher an sich. »Das war so viel mehr.« *Das war nur der Anfang.*

Bevor er sich noch dazu hinreißen ließ, sie gleich hier auf dem Felsvorsprung zu nehmen, verwandelte er sich wieder in den Puma und wartete, bis sie auf seinen Rücken gestiegen war und sich in seinem Fell festhielt. Viel länger würde er nicht mehr darauf warten können, es mit ihr zu tun. Wenn der Mond aufging und sich die Hitze der Bayous davonstahl, würde sie unter ihm liegen, und dann würde sie seinen Namen nicht nur sagen, sondern schreien.

Der Puma brüllte dem nahenden Abend entgegen und rannte in den Wald.

6

Das Abendessen war fantastisch gewesen. Zumindest nahm Julia das an. Ihr Teller war leer, allerdings konnte sie sich nicht daran erinnern, auch nur einen Bissen davon gekostet zu haben. Seit sie in die Pension zurückgekehrt waren, schien ihre Zunge nichts anderes mehr schmecken zu wollen als Parish. Und als ob das nicht schon schlimm genug gewesen wäre, wollte ihr Kopf nichts anderes mehr hervorbringen als Bilder von ihrem unglaublichen Erlebnis im See.

Sie atmete tief aus. Noch immer spürte sie seine Arme auf ihrem Körper, so fest, so besitzergreifend, während er ihren Mund mit zarten Küssen, gierigen Bissen und erregtem Fauchen bedeckte. Sie hatte gewusst, was er von ihr wollte. Nicht, weil er sich gegen ihren Bauch gepresst und dafür gesorgt hatte, dass sich die flammende Hitze zwischen ihren Schenkeln verflüssigte, sondern weil es dasselbe war, was auch sie von ihm wollte.

Den schärfsten, wildesten, erotischsten Sex ihres Lebens.

Bei dem Gedanken zog sich ihr Körper zusammen, und sie klammerte sich an die Tischkante. Wie würde es sich anfühlen, wenn er sie berührte? Auf dem Rücken auf dem Bett zu liegen, während Parish über ihr aufragte, die Muskeln in Armen, Brust und Bauch straff gespannt unter der schweißbedeckten gebräunten Haut?

»Dr. Cabot?«, vernahm sie ein leises Knurren.

Julia sah von ihrem leeren Teller auf und entdeckte, dass Parish voll sinnlicher Wildheit von der anderen Seite des Tischs zu ihr herübersah. Die schwarzen Haare fielen ihm offen auf die Schultern. Er war so sexy. Jeder Zentimeter seines Gesichts, von den Augen bis zu der Narbe an seinen Lippen, führte sie in Versuchung und ließ ihr das Wasser im Munde zusammenlaufen.

Seine Nasenflügel blähten sich. Sein Blick schnellte nach links, zu Nathalie, die weiter unten am Tisch mit einem anderen Mieter der Pension plauderte, dann beugte Parish sich vor und richtete den Blick wieder auf Julia.

»Du musst aufhören, an uns zu denken, sonst kann ich mich nicht mehr zurückhalten und werde dich über meine Schulter werfen und deinen sexy Hintern nach oben ins Bett schleifen.«

Julias Mund klappte auf. »Woher weißt du …?«

»Dein Geruch.«

Mein Geruch? Sie deutete mit dem Kopf in Nathalies Richtung. »Weiß sie es auch?«

»Wahrscheinlich.«

Oh mein Gott. »Das ist mir so peinlich.«

»Das muss es nicht. Sie weiß, was ich für dich empfinde.« Er grinste, flüssiges Gold blitzte in seinen Augen. »Und jetzt weiß sie, dass du dir meine Zunge in deinem Mund vorstellst.« Er senkte die Stimme und das Kinn. »Ich stelle mir meine Zunge an einer anderen Stelle vor.«

Julias Augen weiteten sich, alles unterhalb ihres Halses hingegen wurde heiß und eng. »Hör auf damit«, flüsterte sie.

»Unmöglich. Dein Geruch macht mich wahnsinnig.« Seine Eckzähne traten deutlich hervor.

»Nicht nur dich«, bemerkte der Mann, der am anderen Ende des Tischs neben Nathalie saß.

Julia wurde rot wie ein Apfel und fluchte, während Parish seinen Puma aufblitzen ließ. »Denk nicht einmal daran, Mace. Schau lieber auf deinem Teller.«

Der Mann schnaubte. »Ich habe eine Gefährtin, Jäger.«

»Dann weißt du ja ganz genau, was gerade in mir vorgeht«, sagte Parish mit tiefem Knurren.

Nathalie starrte ihn an, richtete ihre Worte aber an Julia: »Vielleicht sollten Sie sich zurückziehen, Miss Julia. Dürfte ich ein Bad vorschlagen?« Sie seufzte. »Mit Seife.«

Zuerst war Julia so von dem Geplänkel der beiden Männer am Tisch eingenommen, dass sie nicht auf Anhieb verstand, was die Frau meinte. Doch als sie es tat, schloss sie die Augen und wand sich innerlich vor Scham. Es machte sie scharf, wenn sie nur an Parish dachte, jeder verfluchte Puma in diesem Raum konnte es riechen, und sie wurde aufgefordert, nach oben zu gehen und sich zu waschen. Was zum Teufel war aus der guten alten Privatsphäre geworden?

Sie stieß ihren Stuhl zurück und stand hastig auf. Ihr Blick wurde von Parish angezogen. »Bleibst du über Nacht, oder …?«

»Er schläft auf der Veranda«, sagte Miss Nathalie eilig.

Parish zischte sie an. »Ich schlafe, wo immer ich will, Frau.«

»Draußen?«, fragte Julia. »Aber …«

»Keine Sorge, Miss Julia«, fuhr Nathalie fort. »Das ist er gewohnt.«

»Ist es nicht Zeit, den Tisch abzuräumen«, knurrte Parish leise, den Blick seiner zusammengekniffenen Augen fest auf die andere Frau gerichtet.

Miss Nathalie ignorierte ihn. »Schließlich schläft er immer noch in dieser Höhle, die eine Meile außerhalb liegt, oder etwa nicht, Parish?«

»Verdammt, Natty!« Er stieß seinen Stuhl zurück und stand auf.

»Was?«, murrte sie. »Ist doch kein Geheimnis, oder?«

Verwirrt wandte Julia sich an Parish. »Du wohnst dort? Wo wir heute waren?«

Er antwortete nicht. Vor Zorn blähten sich seine Nasenflügel, während er Nathalie mit finsterem Blick fixierte.

Julia starrte ihn an. Warum hatte er ihr das nicht gesagt? Und warum weigerte er sich, sie anzusehen? Verheimlichte er ihr etwas? Oder wollte er nicht mit ihr über sein Privatleben sprechen, weil sie ihm nicht wichtig genug war?

Eine Ahnung beschlich sie. Sie hasste das Gefühl, dass ihr etwas vorenthalten wurde. Dass der Mann, von dem sie gerade noch fantasiert hatte, den sie geküsst hatte, als bräuchte sie es – als bräuchte sie *ihn* – wie die Luft zum Atmen, nicht ehrlich zu ihr war. Das vermittelte ihr ein schreckliches Déjà-vu-Gefühl.

Sie wandte sich von ihm ab und sah Nathalie mit einem schwachen Lächeln an. »Gute Nacht. Danke für das Abendessen.«

Sie brauchte einen Moment für sich, musste ernsthaft darüber nachdenken, was sie hier tat, und für wie lange …

Als sie aus dem Zimmer ging, hörte sie Parish hinter sich knurren: »Julia.«

»Lass sie in Ruhe, Parish«, schalt Nathalie.

»Den Teufel werde ich.«

»Du führst dich auf wie ein Vollidiot.«

»Nein«, sagte Mace. »Er führt sich auf wie ein Pantera-Mann, der seine Gefährtin gefunden hat.«

Julia schaffte es knapp bis zu ihrer Schlafzimmertür, bevor Parish sie einholte.

»Dass ich dir nichts von den Höhlen erzählt habe, hat einen guten Grund.« Er folgte ihr in das blau-weiße Zimmer.

»Alle haben gute Gründe«, sagte sie und lief ans Fenster.

»Ich weiß, was du gerade tust, Julia.« Er trat die Tür hinter sich zu. »Vergleich mich nicht mit diesem verlogenen Schwein, das dich betrogen hat.«

»Das tue ich nicht.«

»Dreh dich um.«

Schwer seufzend drehte sie sich zu ihm um. Ihre Wangen waren gerötet, ihre Augen frappierend blau in dem blassen Gesicht.

»Ich vergleiche dich nicht mit Gary«, sagte sie. »Da gibt es keinen Vergleich. Er war ein Fehler, und du … du bist eine Hoffnung, ein Traum … Magie …« Schatten legten sich auf ihre Augen. »Es macht mir nur Angst, Parish.«

Furcht war das Letzte, was sie wegen ihm empfinden sollte. »Was macht dir Angst?«

»Ich wollte noch nie so sehr mit jemandem zusammen sein wie mit dir.« Ihre Stimme stockte, ihre Augen füllten sich mit Tränen. »Ich sehne mich so sehr nach dir, dass es wehtut. Jede Sekunde denke ich an dich.« Sie schüttelte den Kopf. »Mein Körper reagiert auf deine Stimme wie auf eine Berührung. Das ist nicht normal.«

Er fand es schrecklich, dass sie so erschüttert war und so verängstigt klang, denn für ihn waren ihre Worte magisch. Sie waren vielleicht sein erster Schritt zurück ins Leben und in eine Zukunft, von der er nie geglaubt hätte, dass er sie erblicken würde. Er durchquerte das Zimmer und zog sie in seine Arme. »Sieh mich an.« Mit einer Hand strich er ihre Wirbelsäule bis zu ihrem Hals hinauf. »Für uns ist es normal, Julia. Auch meine Gedanken sind ganz von dir erfüllt. Deine Tränen tun mir im Herzen weh. Ich weiß nicht, was ich mit diesem verzweifelten Verlangen machen soll, das ich für dich empfinde, außer … *das hier.*« Er senkte den Kopf und küsste sie. Die rohe Begierde und das offene Begehren zwischen ihnen ließen ihn aufstöhnen. Als er sich zurückzog, sah er in wunderschöne, stürmisch blaue Augen, die zu ihm aufblickten. »Julia …«

»Ich liebe es, wenn du meinen Namen sagst«, flüsterte sie.

Sein Bauch zog sich zusammen. »Ich habe dir nichts von den Höhlen erzählt, weil ich mich geschämt habe.«

Auf ihrer Stirn bildeten sich Falten. »Was?«

»Ich weiß, dass du Keiras Geschichte gehört hast.« Immer war da dieser verdammte gequälte Ton in seiner Stimme. »Ashe hat es mir gesagt. Aber was du nicht weißt, ist, dass sie alles für mich war. Meine ganze Familie, verdammt, meine beste Freundin, und als sie ging, als sie getötet wurde, da … *ach Scheiße* … da bin ich an den Ort gegangen, an dem ich mich ihr am nächsten gefühlt habe.«

»Die Höhlen«, flüsterte Julia.

Er nickte. »Seitdem habe ich sie nicht mehr verlassen und wollte es auch nie.« Er legte die Hand an ihr Kinn und ihre Wange. »Bis du gekommen bist.«

»Oh, Parish …«

Er lächelte. »Ich liebe es auch, wenn du meinen Namen sagst, Julia.« Wieder küsste er sie wild. »Ich will dich.« Er knabberte an ihrer Lippe. »Herrgott, der Duft deiner Hitze. Er ruft nach mir, fleht mich an, davon zu kosten.« Eine Hand um ihre Taille gelegt, hob er sie mühelos vom Boden. »Ich will mir den Weg in dein Bett verdienen.«

»Das hast du längst«, sagte sie atemlos.

Er warf sie aufs Bett und wich dann ein Stück zurück. »Noch nicht einmal annähernd.« Er zog sich aus und sah mit einem Lächeln, wie ihr Blick hungrig über seinen Körper wanderte. »Du weißt, was ich bin.«

Sie hob den Blick und sah ihn an. Sie nickte.

Leise knurrte er sie an. »Dann öffne deine Beine für mich, Julia. Der Kater hier will seine Sahne.«

7

Noch nie in ihrem Leben war Julia so schnell, so hektisch und mit solch drängender Begierde ausgezogen worden.

Und sie liebte es.

Sie lag auf dem Rücken, die Beine gespreizt und angewinkelt, und sah, zitternd vor Hitze und Verlangen, wie gebannt zu Parish auf. Ohne Kleidung war er nicht einfach nur sexy – er war atemberaubend. Zum Dahinschmelzen. Bei jeder Bewegung spielten die definierten Muskeln in seinem kraftvollen Körper. Doch was sie wirklich heiß machte, war der lange, dicke Muskel, der hart und stolz vor seinem Sixpack emporragte. Wie würde er sich in ihrem Mund, auf ihrer Zunge anfühlen, wie würde er schmecken? Schon wollte sie nach ihm greifen, da kniete er sich hin, schob die Hände unter ihre Pobacken und zog sie an den Rand der Matratze.

Sein Atem strich über ihren Bauch und ihre Hüftknochen. »Seit unserer ersten Begegnung habe ich mir das vorgestellt. Wie du aussiehst, wie du duftest …« Er senkte den Kopf und leckte sie. Nur einmal. Julia rang nach Atem und bog den Rücken durch. »Wie du schmeckst.«

Wie war es nur möglich, dass er mit nur einem einzigen Zungenschlag jeden Muskeln in ihrem Körper zum Zucken brachte? Es war Magie. Es gab keine andere Erklärung dafür. Sie hob den Kopf, um zu sehen, was er tat, und alles Blut rauschte in ihr Geschlecht. Die Nasenflügel gebläht und die dunklen Augen glitzernd vor Begierde, hatte er den Blick fest zwischen ihre Schenkel gerichtet.

Ein leises Knurren drang aus seiner Kehle. »Du bist so wunderschön, Julia. Jeder Zentimeter deines Körpers ist triefnass. Deine Muschi ist wie ein reifer Pfirsich, und der Saft läuft an deinem Bein herunter.« Wieder senkte er den Kopf, doch diesmal fuhr er mit der Zunge an der Innenseite ihres Oberschenkels hinauf.

Fast wäre sie auf der Stelle gekommen. Seine Zunge. Sie war nicht glatt wie die eines Menschen, sondern rau wie die einer …

Sie starrte ihn an.

»Katze«, sagte er grinsend und leckte sie ganz am Rand ihrer Scham. »So süß. Gott, ich möchte in dir ertrinken.«

Die Hitze, die sich in ihr aufgebaut hatte, entzündete sich und ging in Flammen auf. Ihr Po zog sich zusammen, ihre Brüste spannten sich, und sie spürte, wie sich vor seinen Augen die Nässe zwischen ihren Beinen sammelte.

Auch Parish sah es, und seine Fangzähne traten hervor. »Mein Schwanz schreit nach dir, Julia. Aber zuerst werde ich es dir mit der Zunge besorgen.« Ohne ein weiteres Wort umfasste er ihre Knie und drückte sie weiter auseinander. Er schnurrte, seine Augen glühten. »Oh ja, da ist er. Dein Kitzler ist reif, Julia. So wunderschön. So rosig.«

Julias Beine zitterten, ihre Scham pochte, sehnte sich schmerzlich danach, ausgefüllt, berührt, verzehrt zu werden. Gott, schon allein seine Worte brachten sie um den Verstand. »Bitte, Parish«, stöhnte sie und ließ den Kopf auf die Matratze zurückfallen.

»Öffne dich für mich«, befahl er. Sein Atem wehte über ihr feuchtes Geschlecht. »Ganz weit. Ich will meinen Mund ganz auf dich legen, meine Zunge in dich stoßen und mit meinen Lippen an deinem prallen, kleinen Kitzler saugen.«

Mit zitternden Fingern schob Julia die Hände über ihren Bauch, ihre Hüften und in ihre feuchten Schamhaare. Sie rang nach Atem, als sie spürte, wie feucht und empfindsam sie war.

»Beeil dich, Julia«, knurrte er voller Begehren. Sanft gruben sich seine Finger in ihre Hüften. »Ich will dich schmecken, bevor du kommst, und du bist gleich so weit.«

Er schob die Schultern zwischen ihre Beine, und in dem Moment, als sie sich weit öffnete, nahm er ihre Klitoris in den Mund und saugte sanft daran. Federleicht bewegte sich seine Zunge. Sie kam nach wenigen Sekunden. Zuckend lag sie auf der Matratze und stieß stöhnend die Hüften in die Höhe. *Verdammt. Das ist zu früh. Zu schnell.*

Als sie schon den Kopf heben wollte, lachte Parish leise zwischen ihren Schenkeln. Sie wand sich unter seinem Atem. »Jetzt können wir anfangen.« Ohne ein weiteres Wort stieß er seine Zunge in sie hinein und vögelte sie mit langsamen, rhythmischen Stößen.

Die Hände ins Bettlaken gekrallt, versuchte Julia sich zu konzentrieren, doch es war unmöglich. Sie war so angespannt, so heiß, und ihre Erregung wollte einfach nicht nachlassen. Ihr Körper wollte mehr. Verzehrte sich nach mehr.

Dann wich Parish zurück, zog seine Zunge heraus und schob zwei seiner großen Finger an ihre Stelle. »Ich spüre, wie du mich umfängst«, knurrte er und stieß so tief in sie hinein, dass sie es in ihrem Bauch spürte. »Du bist so feucht und hältst meine Finger fest.«

»Oh Gott«, stöhnte sie, als er anfing, sie mit der ganzen Zunge in begierigen Kreisen zu lecken.

Julia wusste nicht, wie sie mit diesem Gefühl umgehen sollte. Noch nie hatte sie eine so atemberaubende Lust erlebt. Sie wollte ihn so sehr, und zugleich wollte sie nicht, dass er aufhörte, sie zu lecken oder seine Finger in sie zu stoßen.

Sie ließ ihre Schamlippen los und pflügte mit den Fingern durch sein weiches, dichtes Haar. Kratzte über seine Kopfhaut, während er sie begierig verwöhnte. Augenblicklich fing er an zu schnurren, und das Geräusch ließ seine Lippen und seine Zunge auf ihr vibrieren. Sie riss die Augen auf und rang nach Luft. Sie würde kommen. Schon wieder.

»Parish, bitte«, flehte sie und wiegte ihre Hüften an

seinem Gesicht. Ihr Saft strömte aus ihr heraus und an ihren Schenkeln hinab. »Ich will dich in mir.«

Doch er hörte nicht auf. Hungrig und entschlossen trank er sie aus, während sich sein Schnurren um ihre schmerzende Klitoris wand.

Der Orgasmus, der durch ihren Leib fuhr, war grob und schockierend. Für einen Moment war sie blind und taub, all ihre Sinne konzentrierten sich in ihrem Unterleib. Sie schrie auf und spürte kaum, wie er die Finger herauszog und über ihr aufragte. Sie konnte kaum atmen, ihre Augen waren so feucht wie ihre Scham. Nichts konnte sich besser anfühlen. Nichts.

Und dann spürte sie, wie sich etwas an ihren empfindlichen Hügel drängte. Ein Instinkt blühte in ihr auf, sie streckte die Hand aus und griff nach ihm. Sein heißer, steinharter Schwanz füllte ihre Hand aus, und sie stöhnte ein hungriges »Ja.« Auf und ab streichelte sie ihn, bis sich seine Atmung veränderte, bis er stöhnte, fluchte und sich wild an ihrer Handfläche rieb.

»Ich will in dich«, knurrte er. »Ich brauche dich. Ich muss tief in dir sein, wo es heiß und eng ist und du noch immer von deinem Orgasmus bebst.«

Sie ließ ihn los, und er drang mit einem schnellen, tiefen, atemberaubenden Stoß in sie. Julia packte seine Schultern, ihre Nägel bohrten sich in seine Haut. Er fühlte sich so richtig an, so perfekt.

»Leg die Beine um mich, Julia. Ich will dich reiten.«

Sie stöhnte und nahm die Schenkel zusammen, drückte die Fersen in seinen strammen Hintern. Für einen Augenblick trafen sich ihre Blicke, und er lächelte. Dann fing er an, sie zu vögeln, langsam und tief, bis zu ihrer Gebärmutter. Oh, diese Lust. Diese Hitze.

»Du besitzt mein Herz, Julia Cabot«, flüsterte er an ihren Lippen, als seine Stöße schneller wurden. »Für jeden anderen ist es nutzlos, aber für dich ist es voller Leben und Liebe und Leidenschaft. Ich will niemanden außer dir.«

Oh Gott, ja. Sie wollte ihn auch. Aber … »Ich habe Angst.«

»Wovor? Dass dich jemand liebt? Für dich sorgt? Dich respektiert und begehrt? Dass du dir nie Sorgen um meine Zuneigung, meine Hingabe zu machen brauchst?« Er küsste sie, dann bettete er den Kopf an ihren Hals. »Pantera paaren sich fürs Leben, Julia.«

Sie rang nach Atem, als er sie zärtlich biss.

»Sag, dass du mir gehören willst.«

Sie stöhnte.

»Sag mir, dass du nicht nur meinen Schwanz in dir willst, sondern auch mein Zeichen auf deinem Körper.«

»Ich will dich«, schrie sie auf, dem Orgasmus so nahe, dass sie ihn schmecken konnte. »Alles an dir.«

»Mir … du gehörst nur mir«, knurrte er wild, als er die Haut zwischen ihrer Taille und ihrem Nabel mit seinen Klauen aufritzte und sie tief in die Matratze drückte.

Mit einem Schlag und einem Schrei kam sie zum Höhepunkt, und in diesem Moment brüllte Parish ihren Namen und entlud seinen heißen Samen in ihr feuchtes, sensibles Fleisch. Wie im freien Fall schlang sie die Arme um ihn und hielt ihn fest, als er immer weiter in ihr kam.

Lange Minuten verstrichen, bevor er sich auf die Seite rollte. Und auch als er das tat, löste er die Verbindung zwischen ihnen nicht. Seine kraftvollen Arme drückten sie fest an seine Brust, wo sie sich anschmiegte und versuchte, zu Atem zu kommen. Tränen drohten ihr in die Augen zu steigen, als sie ihn besitzergreifend, fast angstvoll festhielt. Hatte er sie wirklich gezeichnet? War das das herrliche Brennen, das sie auf ihrem Bauch spürte? Und wenn ja, was hatte es zu bedeuten?

Oh Gott …

Parish küsste sie aufs Haar und flüsterte mit einer Stimme, die vor Emotionen ganz rau klang: »Sag mir, dass du bleibst. Hier. In den Wildlands. Bei mir. Ich muss es hören.«

Ihr Herz zog sich zusammen. »Ich will es.«

»Aber etwas hält dich zurück. Was ist es?«

Sie rieb das Gesicht an seinen festen Brustmuskeln. »Ich weiß es nicht. Dort hält mich nichts, außer meiner Katze. Aber wie soll ich meinen Wünschen und Bedürfnissen trauen, wenn sie mich immer ins Verderben und ins Elend geführt haben?«

Er hob ihr Gesicht zu sich empor und strich ihr so liebevoll die Haare von der Wange, dass sie beinahe in Tränen ausgebrochen wäre. »Vielleicht solltest du diesmal deinem Bauch und deinen Instinkten vertrauen. Ich habe dich neulich im Krankenhaus beobachtet. Du hast beides eingesetzt, um das Kind auf die Welt zu holen, oder?«

Der Atem stockte ihr in der Kehle. Er hatte sie beobachtet? »Ja.«

Er lächelte. »Ich glaube, du hast etwas von einem Pantera in dir. Als ich dich zum ersten Mal sah, habe ich ein Verlangen und eine Sehnsucht gespürt wie noch nie zuvor. Aber du warst ein Mensch, und ich hatte mich in Wut und Trauer verloren. Es waren mein Bauchgefühl und meine Instinkte, die mir gesagt haben, dass wir zusammengehören.«

Wie benommen starrte Julia ihn an. Noch nie hatte sie so etwas gehört. Noch nie hatte ein Mann so mit ihr gesprochen, ihr gesagt, sie solle auf sich und ihren Instinkt hören. Wonach suchte sie noch? Nach einem Zeichen? Himmel, das hier war Magie!

Erschöpfung übermannte ihre Gedanken, und sie kuschelte sich dicht an Parish, der ihr Haar küsste und ihr den Rücken streichelte, bis sie eingeschlafen war.

8

Julia erwachte von einem fremdartigen und zugleich vertrauten Geräusch.

Das erste Licht des Sonnenaufgangs fiel in ihr Zimmer und warf Schatten auf Wände und Boden. Unter ihrer Decke war es warm, doch sie spürte instinktiv, dass Parish nicht mehr da war. Die Jagd. Sicher musste er sich vor Sonnenaufgang vorbereiten.

Miiiiiaaaauuuu.

Julia riss den Kopf in Richtung der Stelle herum, an der Parish, noch immer mit ihr vereinigt, auf der Seite gelegen und sie im Arm gehalten hatte, während er sie in den Schlaf gestreichelt hatte. Er war weg, aber etwas anderes lag zusammengerollt auf ihrem Kissen. Mit einem Freudenschrei warf Julia ihre Decke von sich. Wie hatte er das gemacht? Und wann?

Selbst gerade erst aus dem Schlaf erwacht, blickte er sie aus schmalen gelben Augen an: Fangs.

»Wie zum Teufel bist du hergekommen?«, fragte sie den Kater, nahm ihn auf den Arm und drückte ihn an ihre Brust.

Sofort wehrte er sich gegen die Nähe, kratzte und maunzte, bis sie ihn wieder absetzte. Sobald seine Pfoten das Laken berührten, sauste er zum Kopfende des

Bettes, sprang auf das Kopfteil und blieb dort, perfekt ausbalanciert auf seinen vier Pfoten.

Da entdeckte Julia die Notiz, die an das Holz geklebt war.

Er ist nicht ohne Widerstand mitgekommen.
Jedenfalls nicht, bis er erkannt hat, zu wem ich ihn bringe. Fangs ist hier, Julia. Jetzt musst du bleiben.
Für immer.
Ich werde bei der Jagd nach dir Ausschau halten.
Parish.

Julia starrte die Notiz einige Sekunden lang an, dann sah sie auf ihren Bauch, auf ihre gezeichnete Haut, die vier silbrige Krallenspuren trug. Sie strich mit den Fingern über die glatte Stelle, die bereits verheilt war. Er hatte sie wirklich als sein Eigentum markiert und ihr wahrhaftig sein Herz geschenkt. Gestern Abend hatte sie kurz über ein Zeichen nachgedacht und die Vorstellung verworfen. Parish brauchte ihr nichts zu beweisen. Das wusste sie jetzt. Und trotzdem war er irgendwann in der Nacht, als sie geschlafen hatte, nach New Orleans gegangen und hatte das Einzige, das ihr außerhalb der Wildlands etwas bedeutete, hergeholt.

Nein, das war kein Zeichen.

Das war Liebe und Fürsorge und Zuhören und Hoffen. Es war alles, was sie je gewollt, sich je gewünscht hatte.

Kurz streichelte sie Fangs unter dem Kinn, dann sprang sie aus dem Bett und ging unter die Dusche.

»Ich habe dich noch nie so angespannt gesehen«, bemerkte Bayon. Immer wieder schlich sich der Puma in seinen laubgrünen Blick, während er sich auf die Jagd vorbereitete.

»Mir geht's gut«, sagte Parish, dessen Blick von einem Punkt zum nächsten huschte.

Wo war sie?

Raphael hatte ihm versprochen, Julia früh herzubringen. Begriff der Anzugträger denn nicht, wie verzweifelt Parish seine Frau sehen und riechen musste? Herrgott, er wollte dass sie ihn bei der Jagd sah, damit sie ihn als würdigen Mann anerkannte – als Mann, der für sie sorgen und sie immer beschützen konnte.

»Rosalie hat gefragt, ob du anschließend mit zum Schwimmen gehst.« Bayon beäugte ihn neugierig. »Sie hat die beiden Neuzugänge eingeladen. Eine davon ist ein Rotschopf, vor und nach der Verwandlung.« Er grinste breit. »Was meinst du? Ich teile gern.«

Sich im Bayou das Blut von der Haut zu waschen, das taten sie nach der Jagd immer. Aber sich mit Frauen zu vergnügen hatte für Parish absolut keinen Reiz. Er lief auf dem kalten Boden auf und ab. »Ich gehe zu meiner Julia.«

»*Deine* Julia?«, wiederholte Bayon. »Seit wann gehört sie dir?«

»Ich habe sie gezeichnet. Sie gehört zu mir, sie ist jetzt meine Familie.«

Zuerst sagte Bayon nichts. Parishs Stellvertreter war unbestreitbar einer der besten Jäger in der Fraktion, aber Frauen waren für ihn nur Spaß und Vergnügen, Verpflichtungen galt es zu vermeiden. Deshalb hatte sein nachdenklicher, fast sanfter Blick wirklich etwas zu bedeuten.

»Schön, das zu sehen«, sagte Bayon schließlich, als der Tag anbrach und die Jäger ins freie Feld am Ufer des Bayou pirschten. »Du weißt, Keira und ich waren nicht immer einer Meinung …«

»Du hast sie gehasst, und sie dich auch«, sagte Parish mit einem kurzen Grinsen.

Ein Grinsen, das Bayon auffing und festhielt. »Äh, naja. Sie war ein unversöhnlicher Sturkopf, vergaß meistens, dass sie eine Frau war, und war wohl der beste gottverfluchte Jäger, den ich je gesehen habe. Nicht böse gemeint.«

»Schon klar.«

»Aber als sie …« Bayon starrte zu Boden und schüttelte den Kopf. »Ich habe geglaubt, auch du wärst an diesem Tag gestorben, Bruder.«

»Ja«, sagte Parish, während er den Blick über die Landschaft schweifen ließ. »Vielleicht bin ich das ja.«

Bis sie kam. Julia.

Er brauchte sie. Er brauchte sie *hier*. Hatte sie seine Nachricht bekommen? Sein Geschenk?

Herrgott, er konnte sie noch schmecken. Und er konnte an nichts anderes denken als daran, in ihr zu sein.

In ihrem Körper.

In ihrem Herzen.

Dann entdeckte er Ashe und Raphael, die zwischen den Bäumen hindurchgingen. Das Herz hämmerte in seiner Brust. Direkt neben ihnen war Julia. Die wunderschöne, begehrenswerte, ängstliche Julia. Für einen Moment war es, als würde die Zeit stillstehen. Er starrte sie über das weite Grün hinweg an und versuchte, sie mit seinen Gedanken dazu zu bringen, ihn anzusehen. Und als sie es tat, als ihre Augen seinen Blick fanden und festhielten, da ließ er den Atem entweichen, den er die ganze Zeit über angehalten hatte.

Als Ashe und Raphael stehenblieben, um mit einer Gruppe von Anzugträgern zu sprechen, lief Julia weiter. Auf ihrem Gesicht erschien ein breites Lächeln, als sie auf einen Felsen sprang und etwas über ihren Kopf hielt. Es dauerte einen Moment, bis Parish begriff, was es war. Weiß und dünn. Papier.

Seine Nachricht.

Die, die er erst vor wenigen Stunden ans Kopfteil ihres Bettes geklebt hatte. Und über seine Worte war etwas mit dickem rotem Filzstift geschrieben. Sein Herz begann laut und schwer in seiner Brust zu schlagen. Wies sie ihn zurück? Kehrte sie in die Außenwelt zurück und nahm ihre Katze und das Herz mit, das er letzte Nacht erobert hatte? Mit zusammengekniffenen Augen las er:

KÖNNEN WIR UNSER HAUS AM SEE BAUEN?

Parish hätte die überwältigende Erleichterung und die Intensität der Gefühle, die in diesem Moment in ihm aufwallten, nicht ausdrücken können, doch das Tier in ihm konnte es. Selbst in seiner Menschengestalt ließ sich der Puma nicht ganz kontrollieren. Er brach aus Parishs Kehle hervor und brüllte laut und klar und glücklich in die Luft des frühen Morgens, als er auf Julia zurannte. *Sie gehört mir*, schrie er. *Sie gehört wirklich mir,* dachte Parish, als er neben Julia auf den Fels sprang und sie in seine Arme zog.

»Willkommen zu Hause, Julia.«

»Danke.« Sie biss sanft in seine Unterlippe und lächelte. »Für alles. Für Fangs und für die Magie, dafür, dass du du bist. Ich fühle mich so …«

»Geliebt?«

Ihre Augen füllten sich mit Tränen, sie schlang die Arme um seinen Hals und drückte ihn. »Ja.«

Parish knurrte, rieb sich an ihrem Hals und glaubte, sein Herz müsste vor Begehren zerspringen. Jetzt hatte er Liebe und eine Familie, und er würde niemals zulassen, dass jemand oder etwas ihm das wieder wegnahm.

»Wo ist mein herrlicher Puma?«, fragte sie und wich ein Stück zurück. Ihre blauen Augen strahlten.

Wieder knurrte er, weich und sinnlich. »Er ist gleich hier, Julia.« Er trat zurück, lächelte breit und verwandelte sich in einer Wolke aus silbrigem Nebel. Er brüllte in die kalte Morgenluft. Dann drehte er sich auf dem Felsen um und rief allen Anwesenden zu: »Ich habe die Beute meines Lebens gefangen, Pantera, aber sie ist hier, um eine Jagd zu sehen, und das soll sie auch!«

Silbriger Nebel lag in der Luft um sie herum, als sie mit den übrigen Zuschauern aus dem Dorf den Hügel hinunterlief. Zusammen mit Ashe und Raphael saßen Julia und zwei weitere Pantera, ein weiblicher und ein männlicher, in einem flachen Boot und folgten der Meute von Puma-Jägern, die stromabwärts rannte. Das seltsame, knapp zwei Meter lange Boot hatte keinen Motor, bewegte sich aber eindeutig so durchs Wasser, als hätte es einen.

War es ein Tier oder Magie? Julia war nicht sicher, ob sie es wissen wollte.

»Das ist die beste Art, die Jagd zu beobachten«, merkte Raphael an und deutete auf die goldenen und schwarzen Pumas, die zwischen den Bäumen hindurchbrachen, für einen Moment stehenblieben und mit offenen Mäulern die Nüstern blähten, um eine Witterung aufzunehmen, bevor sie wieder losrannten.

In Julias Geist und ihrem Körper hallte noch immer das Brüllen wieder, das Parish ausgestoßen hatte, nachdem er ihre Nachricht gesehen hatte. Sie hatte auf eine solche Reaktion gehofft und konnte es kaum erwarten, sich später an ihn zu kuscheln und ihm zu zeigen, wie glücklich er sie machte und wie tief gerührt sie wegen Fangs war.

Da zerriss ein lautes, wildes Kreischen den Nebel und riss Julia aus ihren Gedanken. Was war das, fragte sie sich. Die gesuchte Beute? Oder vielleicht war einer der Jäger verletzt?

Sie verspürte gleichermaßen Neugier und Entsetzen, trotzdem hob sie das Kinn und blickte wie alle anderen in dem Boot mit zusammengekniffenen Augen zum Ufer. Zuerst sah sie nichts als Grün, Baumgruppen und bewegtes Fell. Sie hörte ein Knurren, gefolgt von einem weiteren Kreischen, und dann einen abgeschnittenen wilden Schrei.

Sie wandte sich an Raphael, ebenso wie Ashe.

»Das ging schnell. Parish ist heiß.« Raphael grinste seine Frau an. »Mein Junges kriegt heute Abend Speck.«

Ashe wurde ein wenig blass. »Oh je. Diese Vorstellung vertrage ich im Moment nicht so gut, mein Liebster.«

»Tut mir leid, *ma chère*. Keine Details mehr, versprochen …«

»Sieh nur!«, schrie die Frau neben Julia. »Sie kommen.«

»Vielleicht solltest du lieber die Augen schließen, meine Liebe«, sagte Raphael sanft, als das Boot langsamer wurde und anhielt.

Julia wandte sich von Ashe ab und kam hastig auf die Knie. Ihr Blick schnellte zum Ufer. Sie suchte die Wasserkante ab, bis … *Dort!* Sie sah die Gruppe hinter einer Reihe Zypressen auftauchen. Julia schlug das Herz bis zum Hals, sie lächelte. Ganz vorn lief Parish in Gestalt seines schiefergrauen Pumas. Breitschultrig und furchteinflößend, suchte er mit seinem goldenen Blick alle Boote ab. Als er sie entdeckte, grinste der Puma stolz; Blut bedeckte seine Schnauze und seine Zähne.

Julia strahlte und winkte ihm zu. Noch nie war sie so stolz und so besitzergreifend gewesen. Das war ihr Puma. Der Jäger, der Beschützer.

Doch ihr Hochgefühl endete abrupt, als das Boot einen heftigen Ruck machte und sie rückwärts auf den Metallboden geworfen wurde. Schmerz bohrte sich in ihren Ellbogen, und sie sah den männlichen Pantera, der mit ihnen gefahren war, ins Wasser fallen, gefolgt von etwas anderem. Ihre Sicht verschwamm, ihr wurde übel. Alles, was sie denken konnte, war, dass sie irgendetwas gerammt haben mussten, einen Stein oder einen Baum. Die Luft wurde ihr aus der Lunge gepresst, und als sie versuchte, Atem zu holen, hallte Parishs Brüllen in ihren Ohren, gefolgt von Raphaels Schreien.

Schreien? Warum schrie er?

Sie versuchte, sich aufzusetzen. Ihr Ellbogen brannte, und vor ihren Augen schwammen Sterne, aber wenigstens konnte sie atmen. Wieder hörte sie Raphael. Dann eine weibliche Pantera. Sie riefen und schrien. Aber nach wem riefen sie …

Ashe.

Oh Gott, sie schrien nach Ashe.

Das Boot schaukelte und ruckte, und Julia hörte rechts neben sich ein lautes Platschen, dann spürte sie Wasser im Gesicht. Sie rang nach Luft, als von allen Seiten Lärm auf sie eindrang. Alle schrien und riefen nach Ashe.

»Das Schwein hat sie mit sich von Bord gerissen!«, rief jemand.

»Wer war das?«, fragte jemand anderes. »Welche Fraktion?«

»Ich glaube, er war Versorger.«

Julia blinzelte ein paarmal in dem verzweifelten Versuch, sich zu orientieren. *Was zum Teufel war hier los?* Ihre Sicht klärte sich, als Raphael gerade von irgendwo im Wasser rief: »Er schwimmt zum anderen Ufer! Wir sind kurz vor der Grenze! Los doch, verdammt! Folgt ihm! Ich habe Ashe.«

Mit einem Mal wieder ganz da, rutschte Julia zum Rand des Bootes. Das Herz hämmerte ihr gegen die Rippen. Im Wasser und am Ufer herrschte völliges Chaos. Überall waren Pantera. Sie suchte das Wasser nach Raphael und Ashe ab, und als sie die beiden entdeckte, blieb ihr das Herz stehen. Raphael schwamm wie wahnsinnig aufs Ufer zu, Ashe fest an seine Seite gedrückt. Im aufkommenden Licht des Tages konnte Julia das Gesicht der Frau deutlich erkennen. Sie sah kalt und blass und still aus.

Ohne nachzudenken sprang sie ins Wasser und schwamm wild entschlossen zum Ufer. Dort angekommen, kam sie hastig auf die Füße und rannte los, ohne auf ihre schmerzende Lunge zu achten oder darauf, dass sie triefend nass war und fror. Sie musste zu Ashe, zu ihrer Patientin.

Pantera hatten sich um Raphael und seine Gefährtin versammelt, doch Julia drängte sich zwischen ihnen hindurch. Sie ließ sich neben Ashe auf die Knie sinken und hielt die Wange vor den Mund der Frau, um ihre Atmung zu überprüfen.

»Sie blutet.«

Julia sah auf.

Es war Raphael. Von Grauen gepackt, starrte er Julia mit maßlosem Entsetzen an. »Das Baby.«

9

Parish hatte den Scheißkerl verloren, sobald er die Grenze der Wildlands überquert hatte.

Simsalabim, verschwunden.

Im selben Augenblick, in dem seine verräterischen Füße menschlichen Boden berührt hatten.

Parish hatte keine Ahnung, wie so etwas möglich sein konnte oder wie ein Verräter unerkannt unter ihnen hatte leben können. Denn genau das war dieser Mistkerl. Ashe war Raphaels Gefährtin, was sie und ihr Kind zu Pantera machte. Und wer jemanden aus seiner Sippe angriff, der war ein gottverdammter Verräter, der zu nichts als Alligatorfutter taugte.

Aber Parish und seine Jäger würden ihn finden. In diesem Moment patrouillierten alle Jäger, die er hatte, an den Grenzen. Alle außer Bayon. Er war eng mit Raphael befreundet und hatte darauf bestanden, auf der Krankenstation an dessen Seite zu bleiben. Wenn irgendjemand Raphael davon abhalten konnte, die Tür zu Ashes Zimmer einzurennen, dann war es Bayon. Julia hatte sowohl ihn als auch Parish versprechen lassen, Raphael auf Abstand zu halten, bis sie wusste, was los war. Doch das entpuppte sich als beinahe unmögliche Aufgabe. Verständlicherweise war der Anzugträger völlig außer sich. Er sah wild aus und zu Tode verängstigt, lief fluchend auf und ab und schwor, sobald er wüsste, dass es Ashe gut ging, würde er denjenigen, der es gewagt hatte, seiner Frau und seinem Kind etwas anzutun, finden und ausweiden.

Eine Stunde war es her, dass sie hier angekommen waren und Julia und einige andere Pantera-Ärzte Ashe eilig fortgebracht hatten. Parish war so stolz auf seine Frau. Noch nie hatte er Hände gesehen, die so flink arbeiteten, Augen, die alles sahen, einen Geist, der so klar und stark war.

»Julia wird bald Neuigkeiten für uns haben«, sagte er zu Raphael, der Parishs Anwesenheit nicht einmal zu bemerken schien.

»Sie ist eine gute Ärztin«, fügte Bayon hinzu. Obwohl er mit Parish sprach, war sein Blick auf Raphael gerichtet. »Das ist unser Glück, genau wie deins, Parish. Sie wird dir eine gute Gefährtin sein.«

Das war neu für Raphael, doch er nahm es nicht zur Kenntnis. Er ging auf und ab, zischte und fluchte vor sich hin.

»Du musst zu den Ältesten gehen«, fuhr Bayon fort. »Ich würde zu gern ihre Gesichter sehen, wenn sie erfahren, dass noch ein Pantera einen Menschen als Gefährten genommen hat.« Wieder glitt sein Blick zu Raphael. Er versuchte, den Mann in die Realität zurückzuholen. »Wo wollt ihr wohnen?«

Parish sah den anderen Jäger prüfend an und nickte. »Nicht in meiner Höhle. Dort kann ich nicht mit Frau und Kind wohnen.«

»Kind?« Raphael blieb abrupt stehen. »Sie ist doch nicht schwanger?«

Bayon stieß die Luft aus und fluchte.

»Noch nicht«, erklärte Parish. »Aber wenn du mit deiner Menschenfrau Junge zeugen kannst, kann ich das mit meiner auch. Vorerst nehmen wir uns ein Haus in der Nähe der Stadt und der Krankenstation.«

Dann wurde die Tür hinter Parish geöffnet, und Julia kam zusammen mit drei Pantera-Ärzten herein. Ihre nachdenklichen blauen Augen schnellten für einen Moment zu Parish, bevor sie sich eilig auf Raphael konzentrierten.

»Lass mich zuerst sagen, dass es dem Baby absolut gut geht. Alle Vitalzeichen sind normal; Herzschlag, Fruchtwasser …«

»Ashe?«, wollte Raphael wissen. Mit verängstigter Miene eilte er auf Julia zu. »Geht es ihr gut? Sag es mir!«

»Ganz ruhig«, sagte Parish und fasste ihn an der Schulter.

»Sie ist in Ordnung«, sagte Julia eilig. »Sie ist stabil, und ihre Vitalzeichen sind gut.«

Raphael schien sprachlos, sein Atem ging flach. Noch nie hatte Parish eine solche Reaktion bei einem Mann gesehen, und doch wusste er, dass er genauso reagieren würde, wenn Julia an Ashes Stelle wäre. Vielleicht noch schlimmer.

»Weißt du, was passiert ist?«, fragte Bayon sie.

»Soweit ich das sagen kann, wurde ihr irgendetwas injiziert.«

Raphael knurrte, seine Fangzähne wurden sichtbar. Parish und Bayon traten näher an ihn heran, während Julia ruhig und gelassen erklärte: »Ich glaube, wer das auch war, hat auf ihre Gebärmutter gezielt …«

»Das Kind?«, fragte Parish ein wenig verblüfft. Der Angriff hatte nicht Ashe gegolten, sondern dem Baby.

Raphael zischte. »Ich werde dieses Schwein so langsam und qualvoll ausbluten lassen, dass er mich anflehen wird, ihn zu töten.«

Julia schluckte, ihr Gesicht war angespannt. »Ashe muss den Angriff irgendwie abgelenkt haben, und das unter Wasser. Sie ist schon jetzt eine wundervolle Mutter. Die Nadel hat nichts Lebenswichtiges getroffen.«

»Ich muss sie sehen«, sagte Raphael und ging auf Julia zu. »Ich muss meine Ashe sehen.«

Den Blick gesenkt, versperrte Julia ihm den Weg.

»Was tut deine Frau da, Parish?«, fragte Raphael mit einem furchterregenden Knurren.

Einem Knurren, dem Parish ein ebensolches entgegensetzte. »Bleib stehen und hör zu, Raphael.«

»Ich weiß, das ist schwer«, sagte Julia. Sie atmete tief ein und dann wieder aus. »Wie ich gesagt habe, geht es ihr körperlich gut, und sie erholt sich. Alle lebenswichtigen Organe sind stabilisiert.« Sie sah den Pantera-Arzt zu ihrer Rechten an.

Der männliche Versorger trat einen Schritt vor. »Ich habe so etwas erst einmal in meinem Leben gesehen, Bruder. Aber was deiner Frau auch injiziert worden ist … nun, es hat sie …« Er zögerte.

»Was?«, brüllte Raphael.

»Instabil gemacht«, brachte der Mann seinen Satz zu Ende. »In Ashes Adern fließt jetzt dunkle Magie.« Er sah Raphael fest in die Augen. »Etwas versucht, von ihr Besitz zu ergreifen.«

Ende

Zwei neue magische Liebesgeschichten gibt es in: